英雄 情结

咏慷 —— 著

作家出版社

传 主 像

目 录

引 子

"二月河"，那时候还不是凌解放的笔名。那时候世界上也远没有一个本名叫凌解放的作家。

1970年9月，凌解放的身份还是中国人民解放军总后勤部白城办事处下属206团一名刚刚穿了两年军装的战士。只是由于他酷爱读书，军营里地上散落的报纸也要捡起来看个遍，甚至连飘落在地上的日历纸片，都要拾起来弹掉灰尘看一看。每天战备施工劳累了一天后，还要在战友们早已鼾声如雷的情况下偷偷地在被窝里用手电筒看毛主席著作……部队首长慧眼识珠，把他调到团里办黑板报，当上了政治处的新闻报道员。他果然也不负众望，火柴盒、豆腐块式的新闻常见诸报端。

然而最近领导交下的这项任务让凌解放感到心情沉重——这就是206团的河南籍战友尚春法不幸牺牲的消息突然传来，使他错愕悲痛不已。庄严隆重的追悼会之后，凌解放和报道组的战友们通过深入的采访，一块儿写的一篇反映塌方事故中牺牲的烈士尚春法的通讯，"破天荒"地登上了刊稿颇难的一家大报，领导安排他和政治处的麻年会一起去尚春法家看看，把事情的来龙去脉和部队对后事的安排跟烈士家属谈谈，表示慰问……

"一个鲜活的生命说没就没了，这慰问的话该咋说呀？烈士家属会不会提出什么难以解答的问题呢？……"凌解放自言自语，心里沉甸甸的，以至一路上吃不下、睡不着，满脑子恍惚浮现出尚春法等战友在山洞中鏖战、不幸因塌方而英勇牺牲的情景——

第1章

1970年7月19日上午,刚刚从山西太原移防到辽宁凌源县的206团1营4连8班,班长尚春法先是带领全班战友在"天天读"时间学习了毛主席的《为人民服务》,又用党团活动时间,以排党小组长的身份组织全排战友进行了"怎样做一个无产阶级先进分子"的专题讨论。

大家说到由于施工点分散,各营、连大都分布在一个个山地和山坳里,信件往往需很长时间才能接到一次。受条件所限,部队的业余文化生活比较单调贫乏,大多是读报、拔河、打篮球。尤其令人感到艰苦的是寂寞,寂寞无形,寂寞无声,寂寞无边岸!寂寞留给他们的只是悠远的遐想和细细的品味。有些官兵孤独、寂寞得太难受了,就干脆到外面高山之巅的荒野上去吼叫两声,才感到心里稍稍舒坦一些。大家最期盼的是过"八一"或过春节,因为这时,会有地方慰问团来部队表演节目或放电影。

官兵们也都是人,也都有父母、妻子、儿女,有自己温暖的家,但那往往都在千里之外。因工作需要,他们不得不与亲人长期或时常分离,只能使思念成为常事。尚春法与妻子结婚以来,相处的时间加在一起还不过几个月。

尚春法因公殉职前留影

尚春法引导大家正确认识和对待这种"艰苦"。

副班长是一名1968年入伍的战士，内心正为自己的入党问题纠结。

尚春法在小结发言中说："已经入党的同志要继续前进，永不停步；还没有入党的同志从提出申请那天起，就要接受组织的考验，争取思想上先入党，把自己的一切都交给党安排，一切献给共产主义事业！"

吃过午饭，尚春法让战友们抓紧时间休息，自己却带领两个战友到施工现场做准备工作。他检查清理了现场，接好了风水管，然后又去帮助6连打风枪，一直忙到下午4点，才返回班里，换上工作服，带领全班战友奔赴现场。

尚春法在导坑上迅速布好了炮位，给战友们讲了应该处理的欠挖地点和应该注意的事项，就命令全班开始施工。

一时间，风枪的轰鸣声震耳欲聋，大家正在全神贯注地打风枪。

长时间每天干活时，每人从头到脚、连耳朵和鼻子里都被吹满灰尘，即便戴上防灰罩也没有作用。

有一种"初生牛犊不怕虎"劲头儿的尚春法，是"拼命三郎"式的刚强铁汉。他有一种果敢坚毅、百折不挠的性格。他整天泡在第一线，各样工作都干在前：清早，总是第一个起来将营区打扫得干干净净；施工中苦活累活抢着干，战士们身上有多少汗，他的身上也就有多少汗。一日三餐，顿顿与战士们一道在施工现场吃。

这天跟战友们一起用风枪一点一点地刨,一点一点地抠,干得十分起劲。他头顶上的岩壁,淅淅沥沥地掉着水滴,脚下的黏土,将鞋紧紧粘住,令人难以举步。尚春法不时用钢钎,将上方的危石一一撬掉。他们一边清渣,一边用钢筋、枕木与混凝土对塌方进行支撑、浇筑。

尚春法受伤出血的手指,一个个红肿起来。但他忍着钻心的疼痛,一声不吭地坚持。他敦实的身躯和威严的气势,很容易使人联想到一个词:强悍。

漫长的几个小时过去了。尚春法全身上下都沾满了乌黑的泥污。他看一段山洞处理得差不多了,便关心地催促其他同志:"喂,小伙子们,你们先出洞休息休息!"而他自己则和几名骨干一起留在洞内。

大概由于环境极其艰苦的原因,一些战士们渐渐形成一个"嗜好"——"日光浴"。因为施工穿的防水裤不透气,每一班下来,战士们都能从裤筒里倒出半斤水。天长日久,不少人患上关节炎。为了驱寒,每逢赶上好天气,休息时他们总爱脱光了脊背,露出躯体上一块块有棱有角的肌肉,在温暖的阳光下尽情地"沐浴"。

谁知这天由于地应力释放和地下水侵蚀引起的不可抗拒的大面积岩爆,蓦然发生了!

现场地形狭窄复杂,尚春法突然发现山洞顶部有碎石脱落,眼前比任何恐怖电影更恐怖。此时他已疲惫不堪,汗透的工作服又热又闷,浑身像散了架。但他早把自己的安危置之度外。两块直径足有3米多、重量足有10余吨的岩石突然倒塌,迅雷不及掩耳地朝下压来。

战士们连声喊着:"班长,危险啊!"

在万分紧急的生死关头,尚春法大喊一声:"快撤!"快速冲上前去，一把推开了副班长，将战友猛地推向一边，战友得到了安全，而他自己单薄的身躯却被压在沉重的岩石下，身受重伤，抢救无效壮烈牺牲。

大地呜咽，群山悲泣！

尚春法没有来得及向战友们说一句什么，便把生的希望留给了战友，自己却倒在了血泊中……

寂静，死一般的寂静。

片刻的寂静之后，突然一片凄厉的哭喊陡然响起，使整个群山都为之战栗：

"班长！"

"小尚！"

"班长啊，你要挺住！千万、千万不要走啊！"

战友们跌跌撞撞地从各处跑来。一双双终日劳作的大手争先恐后地伸向塌落的石堆。

尚春法就这样悄悄地走了，去了离我们虽然不远、但却生死相隔的地方。

许多人在心中呼唤：这怎么可能呢？一个那样鲜活、那样火爆的生命，不久前还在说，还在笑，还在拼死拼活地工作，怎么说走就走了呢？

人的生命，在山、水、大自然面前，为什么这样脆弱？

留在洞外的专职"安全员"当天在现场亲眼目睹了塌方的实况：

"说实话，当时我真是被吓呆了。我心里想：这究竟是咋的啦？难道洞里爆炸了？难道'世界末日'真的要来了？……

"我越想越怕。甚至想到：看来这次是死定了！

"伴随着剧烈的震颤与巨大的响声，我定了定神，感到其实洞里没有'爆炸'，而是洞顶'掉'了下来。"

尚春法是既经历过平凡，又经历过惊心动魄之后走的。他是带着救出战友的欣慰与献身理想的坦然走的。

与生命告别，有时也是另一种庄严的拥有。尚春法用自己24岁的青春年华，显现了他年轻生命的丰厚底蕴。他的死是生命长河在湍急处激荡起的壮丽多姿的浪花。

他实践了自己生前的诺言："黄金是宝贵的，但比黄金更宝贵的是青春。我愿把青春的热能无保留地献给人民。"

每当人们讲起尚春法烈士的故事时，都会感到自己头上的每一块岩石、脚下的每一寸泥土，仿佛都在昭示着一种生命的慷慨与悲壮。从这位英雄战士短暂的一生中，人们分明感受到生命之魂的颤动，分明领悟到生命底蕴的深沉。

我们的干部战士都是唯物主义者，但尚春法生前所在连每年大年三十的会餐前，都要抽一些有代表性的干部战士，去隧洞口供些饭菜，在地上洒一些水酒，用这种传统的方式缅怀牺牲或伤病的战友。

当然，他们晓得，眼泪不应属于男子汉，不应属于真正的战士。无论何时何事，要想完成国防施工任务，还是要靠一个字：干！

事后凌解放曾经猜想，在这十几秒钟时间里，尚春法眼前或许出现过微笑的妻子，襁褓中的儿子，辛劳了一生的爷爷、奶奶和父母，风华正茂的妹妹、弟弟。他们都在叮嘱：春法呀，你一定要好好地活着回来！难道此刻就是永诀？但肩头的使命与责任，使他顾不上多想，又被拉回到抢险救人的严峻现实……

尚春法舍己救人的英雄事迹教育和感动着206团的指战员，部队给他追记了二等功，授予烈士称号，号召干部战士向他学习。

慰问、写有关材料的任务，落到二十郎当岁的凌解放身上。

第 2 章

凌解放眼前又浮现出尚春法几年来注着情、渗着爱、铆着劲、倾着心忘我工作的情景。

英雄贵在平常时。

施工抢险的"时势",造就了功臣尚春法。

但正像千千万万的英雄模范人物一样,他们必得是经过阳光和雨露千滋万润,才可能在人人皆可遭遇的时势中应运而生。

尚春法所在的部队,原本隶属于铁道兵,后来被改编到总后勤部,番号 206 团。

凌解放记得血气方刚的尚春法刚到原先军营所在的山西省太原郊区某地时,曾经一下子傻眼了。他和许多新兵看到的营区破烂不堪,生活又枯燥、艰苦,担负的任务是打坑道、挖煤窑,天天在山洞中钻来钻去。

尚春法默默地挖煤、打山洞,渐渐地明白了一个道理:在炮火纷飞的战争年代,八路军 359 旅在荒山野岭的南泥湾,不也是又生产,又学习,又训练,在艰苦奋斗中为祖国的解放而做出了重大贡献吗?

尚春法觉悟提高了,拿定主意:打山洞要争先,读书学习也要当模范。他告诫自己，成长进步的捷径就是勤奋学习，努力汲取各种营养，在艰苦奋斗中锻炼成长。因此，无论是工余时间，还是节假日，尚春法都是在学雷锋、做好事的氛围中度过。

1966年冬季，部队执行扩大生产基地的任务。

一阵阵寒流袭来，雪片飒飒地铺满田野，处处令人感到寒气逼人。

水田里冻着一层冰凌。连长和指导员号召："共产党员在这艰苦的时刻要挺身而出！"

尚春法第一个报名参加了突击队。他说："我虽然现在还不是共产党员，但是为实现共产主义奋斗一辈子是我的最高理想。我坚决要求下水作业。"

由于他是新战士，班长照例给他一双水靴。尚春法拿了水靴转脸送给身体较弱的老同志，不等老同志推让，迅速脱掉鞋袜，卷起裤管，第一个跳进冰冷的水中。第一层是冰、水、泥沙和草根，第二层是坚硬如铁的冻土，一锹下去，只能铲起一点点泥土。冰块、野草在尚春法腿上割出一道道血口子，小腿冻得呈现青紫色，完全失去了知觉，膝关节也阵阵作痛。他赤脚踏锹，创造了每天挖土两方的最高纪录。连队党支部号召全连同志向他学习。

有一次，刚当班长的尚春法和战友们正在工作，突然山下的水龙头出了故障，从100多米高的山头上压下来的水直喷到几十米高的天空，来往的汽车和渣斗车都被这"水龙"阻住了去路。尚春法冲上去用尽了办法都没有阻止住水的喷射。他全力扳扭着水龙头，把高压水龙头的喷射方向转到自己身上。强大的水龙喷射得他睁不开眼、喘不过气，胸膛像压了一块大石头，冰冷的水浇透了他全身的工作服，他也不顾。战友们一拥而上，一齐动手才止住了水流。

同志们拉住尚春法的手说:"尚班长,水冷得很。你为什么把水龙头往自己身上拉呀?"

尚春法指一指公路说:"不往这边拉,那边就没法工作了嘛!"

为了加强战备施工,连里把6班改为风枪班。尚春法看到6班新手多,打眼放炮没有经验,就主动承担了帮助6班的责任。他手把手地教6班的新同志怎样打眼,怎样装药,哪些炮应该先点,哪些炮应该后点。6班没了钎子,尚春法就扛上自己所在的8班的钢钎送上门去。

8班收工了,他还到6班的施工点指导。6班的风枪坏了,尚春法包修——遇到他正在吃饭,他马上放下饭碗;遇到他正在睡觉,他马上翻身起来。

有一次,午夜时分,6班的一台风枪坏了。他们回营区取零件时惊动了尚春法。他一骨碌便从床铺上爬起来,穿上鞋就往6班的施工现场跑。赶到那里一看,自己修不了,就扛起沉重的风枪,跑了7里多山路赶到修理连,在修理连专职技工的帮助下,奋战了两个多小时,终于修好了风枪,又亲自扛着送到施工现场,交给6班的同志。这时天已大亮。6班的同志感动地说:"8班长,你对我们太关心了。"

尚春法说:"班可以分6班、8班,革命目标都是一个,你们的事就是我们的事。"

1968年3月,尚春法实现了他多年的愿望,光荣地加入了中国共产党。

从此,他对自己要求更加严格,处处以身作则,前进的步伐迈得更快、更扎实了。

有一次,一名新战士打风枪时,不慎被风枪砸伤手,右手中指和无名指之间砸裂了一条很大的口子,当场就昏了过去。尚春法赶忙奔到他身边，见战友伤痛成这样，心疼得热泪盈眶。他双手抱起这名新战士，一步一步地沿着5里多山路，一直送到团卫生所。新战士醒过来后，尚春法又轻声安慰他，鼓励他与伤痛做斗争。一旁进行治疗的医生见了，感动得含泪说："这个班长，对战友真像亲兄弟一样！"

在长期艰苦的环境中，尚春法患了胃病，有时面对炊事员送上工地的热腾腾的饭菜，因胃里往外冒酸水，一口饭也不想吃。副班长小周见状给他端来一碗热汤，劝他："班长，你总不吃饭，又不回去休息，这怎么行呢？你先休息一下，把这碗汤喝了吧。"

尚春法接过汤，忍着一阵阵胃疼喝了下去。但依旧没有回宿舍休息，而是端起风枪继续猛干起来。

有一名新战士见跟自己一起入伍的同乡有的被调去学开汽车、有的被调到机关当警卫员，而自己还是天天与风枪打交道，情绪有些低落。尚春法就及时找他谈心，一道学习毛主席的《为人民服务》和《纪念白求恩》，拨亮了这名新战士的心扉。后来他进步很大，入伍第一年就被评为五好战士，加入了共青团。

尚春法发现有的战士施工时大手大脚，端起风枪就想换新钻头，装炸药就想多装一点，便组织大家学习毛主席关于"节约闹革命"的论述，带领大家利用休息时间捡回旧钻头，打磨以后再用。结果，仅半年时间，就利用旧钻头为国家节约了800多元。

尤其让尚春法倍受激励的是他在军营见到当时家喻户晓、耳熟能详的"毛主席的好战士"年四旺本人，并听英雄亲自谈了他的动人事迹。

年四旺在一次突发事件的紧迫关头，英勇无畏，挺身而出，冒死救护了一列火车和众多乘客。

那是一个崇尚英雄的时代。危急时刻的一项壮举，只要经过新闻媒介的广泛传播，昼夜之间就会成为全社会敬仰和学习的楷模。

年四旺说："我是安徽省怀远县陈集乡梅庄村人，1965年12月应征入伍，当时我们的部队在山西大同附近执行任务。1966年12月31日傍晚6时许，我在归营途中路过大同煤矿附近铁路边时，一列旅客列车正呼啸着飞驰而来，我忽然发现铁路中央横卧着一块大石头（后来称重为46.5公斤），就在火车将要与石头相撞的千钧一发之际，我冲上前去奋力搬开石头。一场大祸得以避免，我却被火车强大的气浪击倒，头部负了重伤，倒在血泊中昏迷不醒。后来经过医院的极力抢救，我慢慢苏醒，脱离了生命危险。很快，通讯报道《毛主席的好战士——年四旺》通过《人民日报》《解放军报》《光明日报》及中央人民广播电台等媒体传遍全国。国家领导人题词，号召'学习年四旺'。我这个年仅18岁的新兵，成为全军官兵、全国人民学习的榜样，成为家喻户晓、妇孺皆知的风云人物。我的事迹上了小学语文课本。我十几次受到毛泽东、周恩来、朱德等党和国家领导人接见，还被选为总后勤部党委委员、党的'九大'代表和主席团成员。"

从此，尚春法心目中有了一个活生生的学习榜

对尚春法、尚秀花兄妹和凌解放都产生很大影响的、曾被授予"毛主席的好战士"称号的英模年四旺

样，这就是年四旺。

年四旺兼具浑然天成的质朴，诗意盎然的美好。那刚毅、坚定的神情，不仅把尚春法对英雄主义的模糊概念具象化了，更真诚鼓舞和激励了一代爱国青年。

此后，尚春法更有了一种"初生牛犊不怕虎"的冲劲儿，在战备施工中总是冲在前、干在前，哪里危险多他就出现在哪里。他被水淹过，被炮崩过，被电打过，被山洞塌方扣住过，还出过车祸，真可谓九死一生。

第 3 章

南下的列车车厢内拥挤不堪，连过道、洗漱间、车厢连接处都挤满了人。

火车风驰电掣地穿过华北平原，进入中原地界。

车窗外，广袤的黄土地映衬蓝汪汪的天，按照农村的季节，这期间正是农忙秋收与播种（种冬小麦）时间。金灿灿玉米、谷子、高粱，绿油油的红薯、豆类、蔬菜等随着车行无边无际地向前蔓延。那金黄色和绿色，仿佛在争夺着什么。这真是一种生命力强劲的象征！而那一排排树呢，如列兵般伫立，展示着虽外表不同实则皆顽强、坚韧、蓬勃、向上的品格。它们在暴雨袭来时从不抱怨、灰心，将根稳扎大地，在土壤里一点点地延伸。它们在朔风中留下铿锵的声音，在烈日下投射执着的影子，想必这正是它们谱写的一曲曲生命的交响吧？从小生长在农村的凌解放知道，农村的季节性很强，这一段时间过后，田野里就会光秃秃的，尽显荒凉。

火车上，一个教师模样的中年人问凌解放和麻年会："小同志，你们这是要去哪里？"

麻年会答："密县。"

那教师模样的人显然算个"河南通"，当即滔滔不绝地讲了起来："我叫张普照，是密县一个学校的语文老师。要说我们县，那可是个历史积淀深厚的地方。它是伏羲女娲的故里，西周灭商之后是密国和郐国所在地。密国以密山为名。密山以'密'为名，则是因为这里山的形状像座宏大的殿堂，古代山形如堂者称为'密'。春秋时是郑国都城，后来郑国灭掉了郐国，并将原来的密国故城更名为新密邑。韩国灭郑后，拥有此地。它还曾为楚所辖，秦时属颍川郡，汉袭秦制仍置密县，属河南郡，治在大隗，东汉属河南尹，三国时属魏国司州河南郡。晋属司州荥阳郡，刘宋属荥阳郡，北齐复置密县，属荥阳郡。北周和隋朝属荥州。五代密县仍属郑州，宋属京西北路，河南府洛阳郡。金、元属南京（汴梁）路郑州。元改密云县，割属钧州。明复为密县，属开封府钧州，又称禹州，隶河南承宣布政使司。清朝因之，属直隶禹州，改属许州府，旋属开封府。中华民国属豫东道、开封道，河南省第四、第一行政督察区。1958年12月经河南省人民委员会通过并报国务院批准，将原开封专区西部的荥阳、密县等五县划归郑州市管辖……"

　　"受教了。"凌解放谦虚地点点头。

　　张普照见凌解放对当地的历史、地理、文化兴致极浓，又接着说："我们县有文化人还将有关情况写成顺口溜，不妨念给你们听听。"

　　凌解放答："好！"

　　张普照便有板有眼地吟诵起来：

　　　　大隗历史，源远流长。追根寻脉，源自轩黄。上古
　　大隗，世之贤良。德高学博，名扬四方。誉为真人，得

道仙长。炎黄争霸，蚩尤乱疆。诸侯相侵，黎民遭殃。大隗避乱，具茨山上。轩黄伐蚩，九战具伤。屯兵云岩，访贤募将。慕名大隗，登山拜访。君臣论道，巧谋攻防。轩黄躬身，拜其为相。云岩讲武，兵强马壮。炎黄结盟，北灭蚩强。神州一统，万民欢畅。摆宴庆功，论功赐赏。大隗功高，金银难偿。封山大隗，万古流芳。封地洧滨，地名始张。夏近京畿，商兴桀亡。武王伐纣，商亡周昌。周封密国，大隗都阄。宣王灭密，郐辖密疆。平王东迁，郑吞郐疆。设邑新密，邑治旧邦。韩兴灭郑，秦强韩亡。统一六国，权集中央。始皇暴政，农民反抗。大泽揭竿，亡秦刘邦。汉设密县，大隗县堂。密令卓茂，治密有方。仁德教化，除暴安良。政通人和，累代敬仰。西晋魏隋，县城继往。大业水患，迁城议倡。城迁法桥，大隗镇降。唐宋元明，镇辖地方。清代丙垫，密令印掌。关注民生，下乡察访。观之洧水，谷宽荒凉。号召垦荒，开渠如网。移民蛮庵，引种稻粱。大隗地区，始闻稻香。中山革命，满清灭亡。军阀混战，神州迷茫。一九二一，中共建党。工农革命，指引航向。张氏书印，早年入党。宣传马列，兴办学堂。发动群众，反帝倒蒋。视死如归，血染沙场。日本侵华，大隗沦丧。三权鼎立，八路蒋汪。日伪蒋匪，烧杀掠抢。抓丁拉夫，催款逼粮。八路抗日，英勇顽强。窑沟大捷，爱国气扬。八年抗战，日本投降。三年内战，推翻老蒋。一九四八，大隗解放。大隗建区，之后改乡。人民公社，而后为乡。……

凌解放不仅认真听，而且掏出小本子一句一句地记录下来。

麻年会打趣地说:"解放啊,你这个206团的小秀才,难道将来还想当大作家吗?"

凌解放若有所思地笑笑,没有回答,只是恭敬地对张普照说:"张老师,关于密县,还有些什么故事吗?"

张普照谦虚地说:"有啊。反正现在没事,我就慢慢给你俩摆一摆——

"你们或许知道,中国在英文里是China,'瓷器之国'的意思。其实在这之前,它还被古罗马人称为丝绸之国'赛里斯'。'赛里斯'是英语中丝绸silk的词源。由此可知,中国是世界丝绸业的故乡。

"话说7万年前,气候寒冷,伏羲山北麓的织机洞中,先民们打制石器,用火取暖,开启了文明之旅。到了1万年前,天气变得温凉,椿板河畔,先民们择地而栖,打磨石器,开始制陶。到裴李岗文化时期,伴随着农业文明的曙光,在伏羲山下,溱洧之滨,丝绸业萌芽了。亢树是伏羲山区域的特有树种,人称'活植物化石',学名榾子栎。8000年前,气候变暖,伏羲山上,栎树、核桃树、榛树、榆树等乔木林立,郁郁葱葱。先民们捕猎鱼虾鹿獐,采集核桃橡实,过得道遥自在。有个叫玉仙的姑娘,无意中发现,春季来时,榾子栎柔嫩的树叶上爬满了蠕动的虫子,虫子越长越大,忽然一天,虫子不见了,树上挂满了茧儿。没多久,茧里钻出一只蛾子飞走了。冬去春来,又开始了新的生命轮回。玉仙把树上的野蚕叫作天蚕,天蚕的丝,用纺轮绩丝成线,连缀兽皮,制成弹弓,功效非凡。

"因此玉仙也被族人们奉为圣母,成为最早的蚕神。在伏羲山周围的密县、荥阳、登封、巩义、禹州等县市,玉仙庙、玉仙观、玉仙祠、玉仙河等纪念场所与地名比比皆是。与桑蚕业起源有关的地名,如栗林、桑梓峪、老蚕坡等,则多达30多处。还有许多与纺织有关的地名，如织机洞、天机洞、纺绩岭、织锦石等。考古发现，在距今 8000 年前的超化莪沟裴李岗文化遗址中，不但出土有 4 个磨制粗糙的陶纺轮，还惊现两只陶蚕蛹。这些足以证明，密县是中国桑蚕业的起源地之一。据传，伏羲山是人文始祖伏羲教民渔猎、创画八卦的地方。古籍记载：'伏羲化蚕''太昊伏羲氏化蚕桑为繐帛'。在密县伏羲山，不仅有女娲炼石补天、伏羲滚磨成亲的传说，还流传着嫘祖访玉仙的故事。……"

因了张普照的介绍，时间似乎过得很快。

过了郑州市，凌解放和麻年会来到其西南部嵩山东麓的河南省密县。

这里的青屏山也很雄伟、美丽，堪称旅游胜地。其他地方多黄土丘陵，沟沟梁梁之间，一座座村庄就如散落在丘陵的珍珠，建筑多土砖屋及窑洞，或依坡而建，或就势而成，一处处随意地分布着。还有很多树木也在弱弱地随意分布着。房舍与山坡上挖出的窑洞紧密相连，构成一个个农家院儿，与黄土地浑然一体，成为社员遮风挡雨的栖身之所。

这是一个再普通不过的小乡村。村子里的树亦不少，那么小又随便长的树，胡乱长很多叶子。丘陵微陡的小坡上，开着斜斜的院门，院墙外，歪歪长着一株或几株树，在院落逼仄的空间中尽情地伸展枝叶。

村外则是一片片长满庄稼的梯田。梯田间隙有座庙——说是庙，其实就是一孔土窑洞，里面放着几尊泥塑像。但据说香火仍旺，每逢庙会，附近都会有人赶来参加，颇为热闹。

凌解放和麻年会渐渐看到更多的事物：一只健壮的黄牛对着几只鸡发呆；一只猫在村庄边缘的田野里，不知是晨归，还是外出。它们看见火车来，吃惊地抬起一只前爪。田里有不少社员在做农活。他险些把一个稻草人看作了农人。哦，他弯着腰呢。手里拿一根长竿，做惊吓什么的样子。

他们意识到村里每条街道和每个铺面都隐藏着自己的秘密。院子花木的每一个根茎每一片树叶中都藏匿着年轮的精灵。一个多元的、深奥的、活色生香的乡村，成为人物性格生发和精神升华的家园。

夕阳快要下山了，天边的云霞像是火烧着了似的，映照着远处的景物格外好看。但此时的凌解放却无心欣赏眼前优美的景色，只想着快步往前走，快点见到尚春法的家人。

尚春法的家在密县大隗公社孙沟村大队。

这是一个南北向的小山沟，村民都居住在小山沟的东西两侧，中间有一条排水沟。家家户户都是独院，虽然住的大都是土窑洞、土坯房，院子的围墙也都是用土坯夯打而成，但都很干净、整齐，大门或朝东，或朝西，或朝南，或朝北，让人感觉很踏实。

每家大都栽有枣、梨、核桃等果树，村外则大多栽桐或柿子树，树干直且高。据说当地村民在物资贫乏的年代，每年农历四月柿子树开花时，都会捡起它落下的花和小柿子，将其晒干，用来磨成面，再与其他面粉混合起来充当粮食吃。

村南头有一棵大槐树，粗到三四个人围起来才能抱住，因年长日久，树中间已有空洞，但树干还很挺拔，枝繁叶茂的。传说这棵大槐树因寿命太长，早已成"树精"了。

此地属于丘陵地带，比较干旱，吃用的水基本上是挖井挖出来的井水。每眼井深有 20 多米。据说每年初春，全村人都要相携出动，清理、整修水井，以保证全村用水。

人们走在村里小道上，无论是老者、小孩，还是年轻后生，都会主动彼此打招呼问好，显得生活悠闲而快乐。

凌解放和麻年会在路边一个简单得不能再简单了的农家饭店打尖，然后像当时多数出公差的人员一样，先找到大队部所在地。

密县县委宣传部在孙沟村大队的驻队干部李国振对凌解放和麻年会介绍说："我估摸着你们很快就会来了。你们找到我，算找对人了。我是县委宣传部的干部，最近一直在孙沟村大队蹲点，主要抓从邻近的云岩宫水库往孙沟村挖渠引水。在这个村里，有的老池塘已经有数百年的历史。它们守护着村庄，成为村庄里最古老的地标。最让人叹服的是通往池塘里的暗渠，深埋于村庄地下，使用了几百年，仍通畅不堵。老池塘和村庄的山脉、建筑等形成一种特有的和谐。可以想象这个村的先人们为了建造这座池塘，花费了多少心血。我渴望在村子成排的绿树摇曳间，再留一汪碧波荡漾的清水之塘，使口渴的飞鸟、玩累了的黄狗都能有个饮水的去处。我那段时间干的就是这么一件有意义的好事。"

凌解放一听李国振是县委宣传部的干部，跟自己目前在 206 团政治处所做的工作相似，不禁颇感兴趣，聊了一些他们的工作情况。

李国振说："由于一些村子还没有通电，我和其他下基层的干部一样，每月领半本抄写纸、一个小本子，自己用墨水瓶做一个灯，领半斤煤油，带到蹲点的生产队用。后来，给每人发了一个有灯罩的灯，大家高兴得不得了，有的同志舍不得拿到乡下，放在家中用。我则不同，因为我在乡下，要利用夜晚读书，所以，罩子台灯一发给我，就立即带到蹲点的生产队。两种灯都污染很重，第二天早晨掏鼻孔，都是黑的。在农村驻队不能住社员家的正房，大多是闲屋，由于当地社员对上级指定的驻队干部很尊重，因此把这些'闲屋'都打扫得干干净净，成了我在乡下的卧室兼办公室。每天白天忙于劳动和工作，不能坐下读书。我深知自己文化水平太低，怕跟不上工作和形势发展的需要，于是，每天晚上开完会之后，就守着一盏昏暗的孤灯，持着一本书或报纸，认认真真地阅读，内心却一片光亮，那种喜悦难以言表。我常读的有政治书籍，如《毛泽东选集》《毛泽东诗词》等。也读了一些文学作品，有《创业史》《三里湾》《青春之歌》《苦菜花》《林海雪原》《红岩》《革命烈士诗抄》《星火燎原》等。驻队的房子十分简陋，四壁透风，冬天严寒刺骨，夏天虫子叮咬，暑气袭人，这些都阻挡不了我的夜读，每每都读到深更半夜。有的社员，如你们要了解的尚春法一家人，深夜起来上厕所，见我的住处还亮着灯，都劝我早些睡觉，不要伤了身体。我都说自己还年轻，属于血气方刚，严寒与酷暑都能抵挡得住。说来也巧，由于先后发生的一些事情，使我对尚春法一家的情况，也做了一些了解。你们先坐下，喝口水，听我细细说吧。"

第4章

凌解放和麻年会在大队部简朴的木椅上坐下，听李国振娓娓道来："这家人和许多朴实的庄稼人一样，文化程度不高，生活也很低调。尚春法的爷爷叫尚长林。为什么先说爷爷？因为建立在中国传统家庭伦理之上的中式亲情秩序，是从农耕文明的土壤中生长起来，并与农耕文明的发展需要相适衬的。在围绕着农业生产建立起来的社会经济系统中，男性由于体力优势，更成为主要的劳动力。因此，沉淀并作用于每个家庭之中，必然表现为以男性为主轴的家庭伦理和亲情秩序。"

据李国振介绍，尚长林是出生在一个贫苦农户家中，小时候家里有兄弟姐妹6人，穷得叮当响。在旧社会连年灾荒的年月，他家只能靠租种地主的土地过活。1942年，河南大饥荒。他们全家逃难，死了好几人，只剩下了尚长林等几个活了下来。

尚长林的母亲，也就是尚春法的太奶奶常常哀叹孩子们小小年纪便没吃没穿。孩子们则为了不让母亲操心，便设法磨些豆腐，或外出推煤、卖煤，挣一点辛苦费，缺吃少穿地谋生。尚长林没条件读几天书，但能粗略地认字，还可以随口说出乡间许多富有哲理的谚语。他一脸纯朴，上面体现着勤俭、厚道、能担当、乐于助人。他在乡亲们中间的威信，也是全靠多年的积德行善攒下的。

那些年，密县连续几年受灾，尚家陷入生活绝境。有一天，尚长林的母亲拿出一个卷皮筒子，说："长林啊，你爹有病，你去当了它吧。"

那年刚满12岁的尚长林问："娘，咱家就这么一件像样的东西，天大冷了能暖暖身子，难道就不要了？"

尚长林的母亲无奈地说："长林啊，为了一家人的生存，没办法呀！"

尚长林难过地点点头，二话没说，夹着卷皮筒子就奔当铺。

当铺里人很多，都是穷困潦倒的农民。

尚长林拼命往里挤。

有人喊："你一个小破孩瞎挤什么？"

尚长林说："我挤什么？当东西呀！"

当铺掌柜问："当什么？我看看。"

尚长林把皮筒往高柜台上一放，打开来。

众人议论纷纷："这是什么世道？10多岁的孩子都得独自一人出来当东西，真是没活路了……"

当铺掌柜问："你家大人呢？"

尚长林答："他们出不来。"

掌柜又问："3块钱，卖不卖？"

尚长林虽然心疼得很，但想起娘窘迫的神情，一咬牙答："卖！"

钱到手，掌柜又说："快回家，哪都别去。"

就这3块钱，让尚家挺过了一段艰难时期。

1949年10月1日，中国发生了惊天动地的大事——中华人民共和国成立了。新中国成立后，这个贫农家庭分到了房子和地。尚长林看到新中国呈现出来的团结一心、奋发图强的新景象，十分欢欣鼓舞，对中国共产党的领导很是信服和拥护，政治上很求上进。河南是人口大省，人天生素质好，干活不惜力气，在北方以及全国，一切吃苦耐劳的人群里都少不了河南人。他们通过干脏活累活儿，收获自己的幸福。

尚春法的奶奶叫刘大妮，是特别好的一个家庭主妇。尚长林和刘大妮这两位老人，因了新中国与旧社会的鲜明对比，对共产党和毛主席有着深厚的感情。尚长林常说要知恩报恩。刘大妮没有文化，经常烧香拜佛，但她念的"经"常常是"毛主席呀毛主席，端起饭碗想起你，以前无粮吃糠菜，如今粮足不忍饥。毛主席呀毛主席，田里劳动想起你。以前给地主扛长活，如今种的自家地……"她家里虽然生活一度还比较清贫，但毕竟比旧社会不知要好了多少倍，小屋子总是收拾得利利索索的。

尚长林弟兄5个，一直没有分家，长年生活在一起，由刘大妮等5个妯娌轮流做饭，到了饭点全家人一块儿吃。轮到别人做饭时，刘大妮还常去帮忙。

刘大妮还是个"土医生"。村里不少乡亲病了，都爱找她掐中指。只见她口里念念有词："你撞了家中的鬼了！我帮你把这鬼赶走！"结果她捏一会儿，再按颈椎、面部和头部，又用谷子秆烤火"炙"。过了一段时间，病就奇迹般地好了。

尚春法的父亲叫尚甲木，当年48岁，是尚长林和刘大妮的独子。他年轻时读过几年私塾，因此识几个字，但他沉默寡言，不爱说话，曾经被"卖壮丁"——顶替一家富人去当国民党兵，在那支旧军队里待了半年，因不堪被欺压和虐待，自己偷偷跑了回来。谁知没过多久，他又被另一支国民党部队抓了壮丁。他再次想逃脱，却被国民党军官抓住，用刺刀猛扎他的腿，至今还留着伤疤。结果他逮住机会紧紧鞋带儿，又拔腿就跑。他一路狂奔朝老家而来，脱离危险地带方觉饥肠辘辘，实在走不动了，把外衣卖掉换了一斤大饼，终于风尘仆仆地回到家乡。但他不敢回家，而是选择了"人间自我蒸发"——这家躲几天，那家躲几天，最后藏在距离孙沟村有10余里的他岳母家。

尚甲木的岳父去世早，岳母是小脚，大儿子是造纸工，二儿子也被国民党抓了壮丁。

过了好些日子，直到国民党军队离开驻地，尚甲木才敢回到自己家。真是苦大仇深啊。

尚甲木跟尚春法的母亲杨水仙成亲，小家庭也是穷得叮当响。

他俩有一段特殊经历。杨水仙是个"童养媳"，与尚甲木同岁。她8岁时，因家里遭遇不幸，穷得揭不开锅，父母不忍心看着孩子被饿死，无奈中经人介绍，杨水仙的父亲杨魁将女儿寄养到尚长林家，准备等她到了结婚年龄再办婚事。尚家得知杨家困难，十分同情，又可怜孩子。看到杨水仙长相端庄，聪明懂事，也很勤快，是个好闺女，便将她收留。

尚长林和刘大妮只有一个儿子，看到这个小姑娘的到来，十分喜欢，视为己出。

杨水仙来到陌生的环境后，感到这一家都很和气，从不骂人，更不打她，特别是未来的婆婆对她总是面带笑容，显得十分亲切，还耐心地教她女红，慢慢地喜欢上这个新家，渐渐融入到这个家庭当中，成了其中的一员。

新中国成立后搞合作化，尚甲木当生产队长。

他刚刚当上生产队长时，就反复强调"我是全村人的生产队长，不是某一部分人的生产队长，所以无论投我票的人还是没有投我票的人，我都会一碗水端平，不会厚此薄彼"。

尚甲木人非常忠厚老实，每天除了回家吃3餐饭，就是在地里干活。

有一天傍晚，一个农民不请自来，来后即揭开他家桌上的饭罩子，见里面只有一碗他们自己腌制的小芥菜，然后不声不响地走了。

后来尚甲木得知，那农民之所以这么做，是因为有人散布说他家那么穷还闻得到红烧肉的香味。

尚甲木的家人因此很是气愤，让他不要再干队长、只挣自己的工分就行了，也好多照顾一些家里。

尚甲木却微笑着说："让人家去说好了，我们吃小芥菜就当吃红烧肉了。"

尚甲木还曾遭人诬陷，说他拿了生产队的红薯，并开过他的批斗会，结果一调查，才搞清楚他家里吃的是干红薯叶子与榆树叶子的混合物。

尚甲木和杨水仙的第一个儿子出生没多久，就不幸因病夭折。

1946年2月17日，他们生下第二个儿子，自然全家两代人都十分"宝贝"这孩子。

为了让这个孩子长得皮实一些，不再夭折，他们仿效北方一些地方的风俗，让新生儿不管父亲叫"爹"，而是叫"叔"，管母亲还是叫"娘"。

这第二个儿子满月时，为了让他能顺利地活下来，尚甲木和杨水仙曾按照当地的风俗抱到路上"撞名"——即首先碰到谁就认谁当"干爹"，以求能得到两家的保佑。结果他们首先碰到了一个卖豆腐的。

尚甲木于是对杨水仙说："巧了，我年轻时，咱家也是做豆腐的，我负责推磨、煮豆浆，爹负责外卖，看来我们跟这家也是有缘呢。"

他们于是痛快地说明原意，让孩子认这人为"干爹"。

这卖豆腐的也痛快地答应了。他多少有些文化，给孩子取名"春法"。

春法白白净净的，模样端庄，后来个头一直长到1米81。乡亲们都认为，他从小就是个好孩子。

那个时代的青少年，大都像青春的红润点染着一树刚刚萌发的嫩芽，生活中似乎充满春雨阳光，心海里的每一朵浪花都是碧蓝的，真正如诗如画，连做梦都五彩缤纷。那个时代，生活给人们的心灵涂抹的都是这样一种底色：素淡、简洁。青少年则更是热情、向上、纯朴，思想明澈得恍若清可见底的山泉。他们平常听到的，都是"共产党好、毛主席亲"的声音。提起旧中国，眼前出现的必定是一片黑暗；一说到新中国，心中涌现的就是灿烂阳光。只要是毛主席、党中央的号召，就仿佛号角响彻心灵，一定会全力以赴，积极投入。

清理池塘对一个生产队来说，是十分重要的集体劳动。尚春法小时候，也干过池塘清理。

那是一年冬天，由于夏天雨少，村南的一口老池塘断水干枯，四周露出的淤泥已风干开裂，只留得中间一汪如满月般的清水，也已结冰。生产队决定在当年冬天对老池塘进行一次清淤。在一个寒冷的清晨，尚春法被一阵阵嘈杂声惊醒后，家里已空无一人。他慌忙穿衣开门，冷风呼啸，整个村庄已经空了，村东的老池塘边上站满了人，镐头铁铲林立。爷爷尚长林也伛偻着身子站在人群中，大家都劝他回去休息，说："生产队这么多人，不缺你一个。"

一向脾气温和的尚长林瞪着眼着急了，手里的镐头在地上敲得"咚咚"响，说："我老了也要吃水，吃水就要出力，你们凭啥让我回去，凭啥……"

从那时起，尚春法开始明白，池塘对于缺水的村庄来说就是命脉，是共有的"母亲"，是人畜维系生存的"脐带"。

他于是不顾年小体弱，也和爷爷一起积极投入了清理池塘的集体劳动。

尚春法特别喜欢学习，进小学认了些字，便把家中的书翻看了个遍。平时见到一本新书就看得入迷。他在这偏僻闭塞的小村子里，首先朗诵起毛主席大气磅礴的诗。学校里课堂上教的内容满足不了他。那时学校设备简陋，课桌面上的木板有洞有缝，可以用来上课开小差看书。老师应该也知道，但是也没说过他什么，更没有突袭没收。

尚春法四五年级时学到一点自然知识，知道了什么是酸碱反应，就在家里做开实验。先从饼干箱里找到干燥用的生石灰，放到玻璃杯里加水，看它发热冒泡变得滚烫。再倒出澄清的石灰水，用麦管往里面吹气。石灰水很快就变浑浊，那是他吹出的二氧化碳起反应了。他继续再吹，石灰水又变清了，还是二氧化碳的作用。厨房里的醋他也拿来做化学反应——倒在生石灰上就会嘶嘶作响直冒泡。其他同龄的孩子没有敢像他这么玩的。

上世纪60年代初，尚春法初中毕业回乡，曾经跟着师傅学过木匠活儿。

他的第一个"作品"是做收音机——用木板做外壳，买来三极管、二极管、喇叭等零件，自己组装，再到自家院子里的树上绑根天线，打开开关，就能收到中央人民广播电台与河南省广播电台的广播，既有新闻，又有文艺节目。

弟弟妹妹和邻居家的孩子们最爱听的是这收音机里播出的"小喇叭"节目，可以听讲故事，也能了解到社会上的事，感到对自己帮助很大，同时也为春法哥哥能做出收音机感到自豪。

尚春法对解放军特别有感情，特别爱看打仗的电影。他从小就非常羡慕人家穿的绿军装，跟王春花结婚的时候，没有提出置办什么其他东西，只是凑了一些布票、棉花票做了一件绿上衣。结婚后，他就是穿着这件绿上衣陪新娘王春花一道回娘家的。两个村子的人见了，都夸他俩是恩恩爱爱的小两口儿。

1964 年秋天，公社的供销社需要一名群众基础好、工作热情高、又有文化的年轻人，主要任务是收购当地的土特产，像棉花、烟叶等，上缴给国家。

生产大队经过群众评议、党支部审核，推举尚春法为唯一人选。

上级批准后，尚春法来到大隗供销社红山庙大队上班。

红山庙大队在大隗公社最东部，紧邻新郑县。

农闲时，尚春法深入到每个村做调查，了解每块土地的土质如何，适合种什么作物才能提高产量与收入，宣传国家收购哪些农作物产品，收购的价位及标准。

当地的社员群众听了他的讲解，感到这个年轻人说得清楚，听得明白，容易做得到，有一定道理。因此都十分配合，到收获季节，家家户户都把最好的农产品上缴给国家。

凡是尚春法收购的烟叶、棉花等，从色泽、含水量、杂质等检查，质量全是优等品。

大家认为尚春法心里装着大家与小家，心里想的与做的都是社员和国家的利益，是个好苗子。

1965 年夏秋之间，尚春法和家人眼看着王春花的肚子一天天大了起来，他们都喜不自禁。

尚春法陪着王春花回娘家看望父母。王春花有一个大她 3 岁的哥哥，几年前已经入伍参军，还有两个弟弟、两个妹妹。王春

1976年6月，尚春法部分家人合影。前排：端坐者系尚春法爷爷尚长林，站立者系尚春法儿子尚智敏；后排：右二尚春法父亲尚甲木，左二尚春法母亲杨水仙，左一尚春法二妹尚玉花，右一尚春法妻子王春花

花极力帮助父母，既操持家务又参加田里劳动。与尚春法结婚后，成为尚春法家里人，回娘家次数虽然不多，但每次回娘家都尽力带着父母生活需要的食物。

这次尚春法一手提着篮子，篮子里装满茄子、黄瓜等时鲜蔬菜，一手提着几斤猪肉，王春花十分高兴。

他俩边走边聊。尚春法说："春花啊，你看我今年帮你提篮子，明年我帮你抱孩子。"

话音一落，夫妻俩都哈哈大笑。

王春花也对尚春法说："自从你到供销社上班后，每个月发给20多元的生活补贴。虽然工资不高，但也承担了一些家务帮助父母减轻了负担，咱家的生活状况明显好转，只要咱们共同努力，相信今后的日子会越来越好。今年年底，我先给你生一个儿子，过两年再生一个。"

尚春法急忙接着说："再生两个女儿。"

王春花停下脚步，撒娇说："一说到要孩子，你还真贪婪。我要是不生这么多呢？"

尚春法宽慰她："听你的，现在千万别生气，以免你肚子里的宝宝听后也生气。"

他俩你一言我一语，十分愉快地边走边说……

这年12月的一天，尚春法从公社回家，心情忐忑地对媳妇说："春花，我验上兵了。"

王春花一听眼圈儿就红了起来，哇哇哭道："春法，你看我这马上就要生了，你要是走了可咋办呀？"

尚春法耐心地安慰妻子，讲新中国青年要"为国尽忠"的道理，还请其他人帮着做妻子的工作。

尽管他父母亲没有什么文化，但都一直支持儿子应征入伍，鼓励他在部队好好干，路子对了，才会有真正的进步。

即将离家那天，尚春法和已经微微"显怀"的王春花一块儿在村边的小路走着，四下没有其他人声，只有他俩脚下的枯草被踩断发出哔剥的响声。冬天的田野是凄凉的。但新婚不久的尚春法和王春花显然能感到这凄凉中有一种甜丝丝的味道。这一棵棵树、一株株草，都在默默忍受着寒冷。或许他俩心里从来就没有平静，共同感受到一种神圣和坚忍，直达自己生命的最深处。或许他俩都在这样想，我们的后代就是自己生命的延续。但一个人把自己的一切完全投入到自己的后代身上又何其难？

这一天寂静的夜里，尚春法躺在床上，听风从屋顶上滚过，把妻子搂进怀里。

土打的墙很厚，大约有几十厘米吧，冬天冻不透，很保暖，每天抱些木柴把火炉生着就可以了。

尚春法是抱着勇于为国家、人民献身的信念参军走的……

凌解放和麻年会听了李国振的讲述，连连点头："根据春法到部队后的表现，我们想象得到。老李同志，春法家现在还有啥人？他们对春法的事知道了吗？"

李国振喝了口水，对他俩说："我估摸着你们要问这些，因此早做了些工作。听我继续向你们汇报。"

第 5 章

李国振掰着手指头说："刚才我已经介绍了春法的爷爷、奶奶、父亲和母亲。他还有一个弟弟、两个妹妹。"

要说尚春法的母亲杨水仙，命也真够苦的。她生了尚春法后，又生下过一个儿子，但不到两岁便夭折了。后来又有了一个女儿。没想到这次更糟糕，这个女儿刚刚落地也夭折了。

那一段时间，杨水仙心如止水。再加上当时家庭生活困窘，她实在让儿女连续夭折的往事吓怕了，不想再招累赘，曾想着在再次怀上孕后把腹中的又一个胎儿打掉，没料到农村流行的那些偏方统统不灵，最后在 1952 年 4 月 19 日把新胎儿生了下来。当时新中国成立不久，正处于艰苦创业的阶段。

杨水仙的这个女儿和不少农村孩子成年后都改过名字不同，从小用的名字就是爷爷给起的"尚秀花"。那是因为尚长林爱养花，襁褓中的新生儿一笑起来又快活得像一朵花，叫她"秀花"，使人顿时情不自禁地联想到花的幽香。

随着新中国农村形势的不断发展，杨水仙的心情也渐渐平和。1955 年 8 月又有了次子尚海法，1960 年 1 月又有了次女尚玉花。

岁月悠悠，孩子们很快长大了。尚家的爷爷、奶奶也渐渐进入了老年。

当时的一个贫农家，物资还很匮乏，每年由生产队分到家里的粮食，只能吃8至10个月，剩余两三个月基本无粮。遇到这种状况怎么办？他们家是操持家务的奶奶和母亲凭着多年的经验，精打细算，省吃俭用，以菜充粮安排每天的伙食。

杨水仙过日子十分俭省，也很会计划，中午做饭稠点儿，早晚做稀饭。冬天白天时间短，农活儿不很多，体力劳动小些，就一天吃两顿饭。农忙和过年过节，才改善伙食，蒸些蒸馍、擀点面条等。她常说"吃不愁，穿也不愁，做好计划全年都有"。一般过年才煮一回干饭，平时都是稀粥，因此习惯把吃饭叫"喝汤"。奶奶和母亲只要把饭做好，马上就叫几个孩子去请上爷爷、父亲先吃，她俩则常常最后才吃，把方便都给家人，委屈由自己承担，也从不叫苦。

奶奶和母亲还长年用纺车纺线，再将纺出的线织布，由父亲拿着布到集市上去卖，所得的钱再用来买粮食，或是到条件好些的亲戚朋友家借款买粮，弥补不足。父亲也时常帮着做推磨磨面、揉面和面等家务。爷爷则主动整理炉灶，准备烧火所用的劈柴。

像大多数母亲一样，杨水仙很勤快、节俭，全家人的衣服都是由她裁剪，就连鞋子也由她自己做，从纳鞋底、糊浆、剪鞋面，一道道手工程序都独立完成。

乡亲们总的印象是：这家人都很和善，人人勤奋俭朴，能相互理解，彼此关心，相互帮扶，从没有红过脸、生过气、吵过架，因此家庭十分温暖。虽然每个人性格迥异，但共同点是传统文化观念根深蒂固且心地善良，几乎从未发生过龃龉。几位老人都非常注重以身作则，言传身教，做到了上孝下慈，对家庭尽职尽责。虽然他们皆是家里的顶梁柱，但在家里并没有享受特殊待遇，那份"千斤重担一肩挑起"的从容不迫，让晚辈充满了安全感。

生长在这样的家庭，几个孩子都和最底层的人生活在一起，了解老百姓的疾苦，知道他们的压力，对农民有着发自内心的同情和热爱。尚春法兄妹几个，不管在文化学习还是做人处事方面，在村里都是出类拔萃的，左邻右舍众口一词的评价是"尚家的孩子与众不同，人人都自带气质"。一颗泥土中刚出土不久的青青种子，配以养分充足的光和水，这颗种子会长得顺利长得苗壮。后来的事实证明，早期的素质教育确实影响了这些孩子的一生。正像那句俗语说的：幼年的教养贯穿终身。

俗话还说："女大十八变，越变越好看。"这尚秀花从小就乖。在她也就比桌子高不多少时，每逢大人说话她都警觉聪敏地在一边听。白白净净又文文静静，短发清爽，眼睛明亮而有神，面颊有两朵红晕。

她出身贫苦，常站在家门口望见母亲那瘦小的身躯，佝偻着腰，背着一袋农家肥，艰难地向田里挪动。有时候大概累得实在不行了，才坐下来喘口气儿。

母亲的节俭在四邻八舍是有名的。看到拉粮食走过的大车掉下几行大豆或玉米，她便赶紧蹲在路上拾起来。

秋天，母亲则总爱去撸些稗子，晒上几天太阳便储藏起来，截长补短地和粮食

1966年3月，尚秀花在老砦小学学习时照片

掺在一起磨面做饼子。

冬季，她会到生产队的场院里，翻开纷乱的禾草堆，那里会有一些漏下的麦粒，她或从泥土里，或从冰层里刨出来。待融化开，到冰冷的水里淘洗干净。她看到儿女吃得那个香劲儿，欢喜会从内心溢到脸上。

尚秀花根正苗红，又喜欢唱歌、唱豫剧，很快就成为各方面都被生产队看好的"小积极分子"。她小时候不能干大活儿、重活儿，就抢着提茶水或馍馍等干粮送给在地里干活儿的父亲等大人。

父母从小就教育她热爱劳动、珍惜粮食。一次，哥哥尚春法和尚秀花帮母亲收割麦子，母亲远远看见有枚麦穗遗失在地头，就让春法和秀花去拾起来，与成捆的麦穗归拢在一起。母亲说："每颗粮食都是老天的恩赐，不能随便糟蹋。"对于其他的乡亲，尚秀花也总是面带笑容，能帮助就帮助。

她看到爷爷和父亲经常帮助一个叫"八奶奶"的孤寡老人家干活儿，一边干活一边念叨"八爷爷解放前被国民党抓了壮丁，从此没能回来，八奶奶唯一的儿子又外出做工，家里只有她一人，真不容易"，便和哥哥春法也常去帮"八奶奶"。他俩还一起在上学路上常帮邻居家的同学背书包、拿东西，上学途中有一条河，如果遇到下雨涨水，这兄妹俩就搀扶着小同学。

尚秀花从小热爱劳动，认为一个脱离了体力劳动的人，注定会有一种被连根拔起、没着没落的心慌。

尚春法比尚秀花大6岁，从小就带着她玩儿。因此这兄妹俩感情特别好。

有一天，尚春法带着尚秀花割草，哥哥用镰刀砍，妹妹用手拔。兄妹俩干了一会儿，尚春法忽然抱起尚秀花就跑。尚秀花不知缘由，见哥哥跑得气喘吁吁，便问："哥，你跑啥哩？"

她一回头，不由得吓出一身冷汗。原来他俩刚才割草的地方，有一条蛇正凶狠地吐着芯子……

村里有一口井，乡亲们吃水都是带水桶过来，用辘轳把水桶放下去打，走出一里地，才打一桶水。有一次，尚春法四叔的水桶不巧掉进井里。他焦急地喊："谁能下去一下，把水桶捞上来，再把井底清一清？"

正带着尚秀花在一边玩耍的尚春法当即说："四叔，别着急。我下去！"

四叔把尚春法装到另一只大桶里，摇起辘轳往下放。又是不巧，辘轳上的绳子断了，尚春法"咣当"一声，跟水桶一起掉进井里。

尚秀花想立即救他，无奈年少力薄，不知从何下手。她只好先跑回家报信。母亲杨水仙此时正在地里翻红薯秧，听到尚秀花报的信儿，立马招呼了几个大人跑到井边。他们有的接绳子，有的摇辘轳，把尚春法拉了上来。见这孩子摔伤了骨头，又赶紧送他去找医生接骨。村里的乡亲们听说了此事，都称赞尚春法是个勇敢无畏、乐于助人的好孩子。

尚秀花从小佩服哥哥。尚春法读的小学离家有七八里，尚秀花就每天给他送母亲做的稠玉米粥。尚春法读的中学离家更远，尚秀花就每天给他送母亲做的烙饼。

因家庭贫困，尚春法初中毕业后没能继续读高中，而是回生产队参加了一些工作。他先是夜里护场，能记较高的工分。由于他工作认真负责，生产大队长首先推荐他参加工作。结果没过多久，就当了公社供销社的工作人员，每月能领 20 多元的工资。

尚春法把在学校里学到的字，一笔一画地写到土地上，教妹妹认。因此，尚秀花识字比一般孩子都早一些。

那些年河南的多数农村虽然还没有完全摆脱贫困，但即便如此，社员家过年时还是尽量留下点肉啊豆腐啊等等，待二月二这天吃上一顿，象征"龙抬头，好年头"；然后一家人商议如何在这一年搞好集体生产，自己家也多挣工分多分口粮，把日子过得更好一些。

1959 年 9 月，刚满 7 岁的尚秀花要上学了。尚春法把爷爷给买的蘸水笔和墨水给了尚秀花。尚秀花摸了摸蘸水笔尖儿上的槽，说："爷爷，你买坏了。"

尚春法笑着说："傻妮子，爷爷没有买坏。蘸水笔的尖儿上都有这样一道槽，要不怎么能蘸墨水呀？"

晚上学习，尚秀花与奶奶共用一个煤油灯，奶奶用纺车纺棉花，即纺线线，尚秀花借着灯光写作业。有时父亲要她早点睡觉，她也坚持当天作业当天完成，从不拖延。

尚秀花上三年级之前，所穿衣服都是哥哥穿过、因他长高后不能再穿的衣服，由母亲稍做修剪就给尚秀花穿。

她上三年级之后，学校距离家有五六里路，途中要经过沟沟坎坎，每天早上 6 点就要到学校早读。

冬季白天时间短，天亮的晚，黑的也早，母亲把她和奶奶出嫁时的衣服再染成枣红色，修改后要尚秀花穿。这样一是不用多花钱，二是老人们认为所穿的衣服是红色，能够辟邪，有利于健康。因此从三至六年级的冬季，尚秀花穿的都是枣红色棉袄。她认为有红色保佑，胆子更大些，走起路来劲头十足，精神饱满，一个人走那么远的路上学从来也不感到害怕。

只有一次，为了节省布票，母亲将自己年轻时穿旧的一件老式服装改了一下就让女儿穿着去学校了。那个年代谁见过女孩子穿这种服装的？尚秀花勉强穿了，一进校门，果不其然，不少人前前后后簇拥在她身边麻雀似的叽喳个不停。上课铃响，尚秀花奔进教室，落座，猛抬头，只见黑板上赫然画了个梳两条长辫子的头像，当然画的就是尚秀花啰，还蛮像。她刚欲冲上去擦掉，老师已站在讲台上了，他瞥了一下尚秀花的衣服，见她红着脸赶紧低下头，老师厉声问：谁写的？谁画的？上来擦掉！不上来是吗？别等我查出来去家访哦，怎么能如此不尊重自己的同学。话音刚落，便有一位同学涨红着脸向黑板走去。

在小学里，放学铃响，孩子们离开座位，迅速形成新的聚落。要好的，已挽手臂互换零食。住得近的，商量结伴回家。但也有的像一群放笼的小麻雀，叽叽喳喳地打闹。在这种情况下，尚秀花显得格外文静、懂事……以至尚秀花刚上小学一年级，校长郑来就在全校大会上表扬她："我们学校一年级的新生尚秀花，说话文明，从不骂人，同学们都要向她学习，做一个懂文明、讲礼貌的好孩子。"

尚秀花的同学把郑校长这话转告给爷爷尚长林，爷爷十分高兴，奖励尚秀花吃甜瓜，喊她："好孙女儿、好闺女。"

听着爷爷的呼唤，尚秀花觉得心里暖暖的。

她从小酷爱读书。炎热的夏天，为了防止蚊虫叮咬，上身披着母亲宽大的衬衫，两腿没在装满水的木桶中，仍就着煤油灯昏黄的灯光看书、写字。寒冷的冬夜，纸糊的窗外，北风呼啸，裹着破旧棉被的尚秀花，夜半常常还坐在小桌旁，轻跺着双脚，揉搓着双手，眼盯着摇曳的煤油灯光下的书本。

1962 年 7 月，尚秀花在村里读完了一二年级。

从这时到 1964 年 7 月，她又到教学质量更好的和合小学读完了三四年级。

初小毕业时，她在全校 400 名学生中考了第 7 名。由于家中的经济状况实在拮据，尚秀花初小毕业后，父亲递给她一把镰刀说："女孩子能识一些字就可以了。你去帮家里割草吧！"

但尚秀花很想继续读书，伤心地哭了起来。尚春法见了安慰妹妹："你别哭了，咱家实在困难，我想办法给你求贷款。"

当时学校的学杂费每年只需要6元钱。尚春法从信用社贷来了8元钱给尚秀花，学杂费、书费都够了。

尚秀花攥着钱到学校报到，没想到报到的时间已经过了，她不免感到沮丧，一步蹭一步地往家走，在路上正巧遇到班主任徐国申。这徐老师虽然右手残疾，但字写得特别好，能用粉笔模仿毛笔在黑板上写漂亮的板书。他平时对尚秀花的学习就很关心，一次数学考试尚秀花只考了60分，徐老师就批评她："你不能只满足于及格啊。"

结果尚秀花受到激励，学习更加努力，初小毕业时数学考了满分。

这天徐老师问尚秀花："你这是要到哪儿去？"

尚秀花把事情原委告诉了他。徐老师听后招呼尚秀花："你跟我来吧。"

说着领尚秀花又回到学校，找人补办了交费和入学手续。

尚秀花还难忘语文老师张普照。这张老师虽然家庭出身是地主，但自己一直追求进步，常说"出身不由己，道路可选择"。

他对教学工作十分热爱，投入了自己全部的时间和精力。是个"多面手"，学校缺历史老师他教历史，缺政治老师他教政治，地理老师请假了他也代地理。打铃的王老师有事的话，他也打铃。没有课时，他背着手笑眯眯地在学校里转悠，到大白杨树下站站，到池塘边晃晃，到学校麦地、黄瓜地、辣椒地、冬瓜地、茄子地、白菜地和萝卜地里走走，随手捡个垃圾什么的。他任高中的班主任兼语文老师时，所教的学生考进北京大学、清华大学的最多。

张老师讲课条分缕析，引人入胜，学生不想听都不行。他的板书也漂亮，虽是粉笔上上下下，却仿佛一管在握，有提有捺，左左右右的，美不胜收。

张老师听说尚秀花决定放弃升高小，早回家干活以接济家庭，感到十分惊讶。他找到尚秀花家，详细询问她父母之后，对他们表示了同情，但还是动员他们让女儿上高小。

张老师朴实无华，言语真挚，多次与尚秀花的父母交谈，说他自己家庭出身虽然是地主，但土改后也没有吃过一餐"剥削饭"，完全是靠自己劳动谋生，日子过得同样很清苦。他咬紧牙关坚持刻苦读书，为减少家里负担，也为了利于被录取，高考时选择了师范院校，毕业后有了工作，既资助了家庭，也实现了自己的理想。

老师的温暖话语融化了尚秀花父母心中的坚冰，同意女儿上了高小。

尚秀花心里时时在想，在决定人生命运的十字路口，有人及时指点迷津，让你走向阳光之路是多么重要，在每个人的求学经历里，总会有几位令你终生难忘的老师。为此，她一直深深感激张普照老师。

就这样，尚秀花初小毕业后，从1964年9月至1966年7月到老寨学校读了高小。

这所学校离家较远，尚秀花每天凌晨四五点钟就要从家出发，走一个多小时的路，六七点钟赶到学校上课。

当时学校没有学生食堂，学生家距离学校近的，都是回家吃饭，距离学校远的，则是自己带干粮，如有的带饼，有的带蒸馍、小咸菜等。做饼子和蒸馍所用的面，有的是玉米面，有的是红薯面，有的是用玉米面和红薯面混合在一起做的。单纯用红薯面做的饼子或蒸出的馍呈棕色，有的还在里面加些菜，是菜团子。很少有用纯小麦面做蒸馍或烙饼的，因为那时候每家白面实在是太少了，只有过年时才用点白面蒸白面馍，平时基本上看不到有同学吃白面馍。

学校有一个锅炉，有位师傅负责烧开水，可以免费喝。

吃饭期间，学生将所带的饼子或蒸馍用手掰碎，装到自己带来的搪瓷杯或搪瓷碗里，再加点咸菜，用开水冲泡，就是热气腾腾的开水泡馍。如果哪位同学从家里带来了芥菜丝，或是新腌制的白菜丝、萝卜丝，再滴几滴芝麻油，少加点醋，就堪称味道鲜美了。这些同学特别推荐给其他同学品尝，大家你一口，我一口，吃得津津有味。

午饭是中午1点左右，同早饭一样自己解决。只要能上学，有书读，至于吃什么饭，或吃儿成饱，同学们谁也不计较，也不说出来。大家吃得都很高兴，也十分满意。

有些家境比较宽裕的同学，上学、放学骑着漂亮的自行车，脚上穿着回力球鞋。老师有时会抚摸着尚秀花的头说："你读书，不容易哩。你知道用功，这不需别人来说，倒是要注意身体呢。课外活动时间，不要钻在教室里了，到操场上去和大家一起蹦蹦跳跳！"

尚秀花点头，忍住了哽咽。她的学习成绩一向比较好。老师对自己所教的学习较好的学生总是比较偏爱的。

那时只要哪天放学晚了，尚春法都会专程到学校去接妹妹。

最初，尚家没有好带的杯子，尚春法就特意给妹妹买了一只上面有一朵红花的搪瓷杯。尚秀花很喜欢这只有一朵红花的搪瓷杯，也很感谢哥哥。她一直用了很长时间。虽然那时的物资比较贫乏，但自己家里很和睦、温馨。

1964年，尚春法跟邻村的姑娘王春花谈对象了。按照当地风俗，爷爷尚长林及其被称为"大爷爷"的亲哥哥一块儿去王春花家送了聘书、聘礼。这大爷爷新中国成立前也曾经被国民党军队抓过壮丁。

王春花家中兄弟姐妹多，她是大姐，从小就对弟弟妹妹们关爱有加。她不仅女红、针线活儿好，地里的各种活也都能拿得下。爷爷和"大爷爷"知道了都满意地点头："这闺女能干活。"

尚秀花、尚海法、尚玉花等都喜欢这嫂子。每当哥哥不在家，尚秀花晚上就去他们屋里陪嫂子。

王春花送给了尚春法一支一块多钱的自来水笔。这在当时的农村里属于很贵重的礼物了。尚春法见妹妹尚秀花学习很努力，便对未婚妻说："我们把这支自来水笔送给妹妹秀花吧。勉励她好好学习。"

在这期间，她和同学们的主要课外活动是勤工俭学，如捡羊粪、牛粪和能够回收的垃圾等等，交到学校，统一卖出，以补偿自己应缴的学杂费。

这支自来水笔，尚秀花每天都很珍贵地用着，直到高小毕业。

当时，学雷锋活动正在全国风起云涌地开展，尚秀花和同学们大清早走出家门上学去，书包里肯定装有那块昨晚洗得干干净净的抹布，这是维护公共环境卫生的必备用具。

走进学校大门，从来不用老师指派任务，尚秀花和同学们人人自觉自愿，主动擦拭教室门窗玻璃，还有讲台和课桌。这已是不成文的规矩，从小养成的公德意识，时时伴随他们长大成人。

那时候说起家庭，尚秀花和同学们都知道它不仅是指自家门槛里的小天地，也包括无比广阔的社会大家庭。他们要爱护这个大家庭的一草一木，因为这属于新中国。那时候的热词是"社会主义处处有亲人"。令人不忘的是他们从小接受的集体主义教育，这种教育使人人懂得热爱集体，懂得克服自私自利的思想苗头，懂得助人为乐甘于奉献，懂得小学生也要有大担当，从小就成为积极进取绝不消极的好学生，最终找到自己终生事业的归属。

尚秀花和同学们经常用课外时间帮助孤寡老人、烈军属扫地、抬水，并集资买一些油、盐等送给他们。那些在红旗下成长的生活细节，一直清晰如昨，绝非往事如烟渐行渐远，反而储存为记忆银行里的黄金，时刻闪烁着光芒。

1966年5月，尚秀花光荣地加入了中国共产主义青年团。

从1966年9月至1970年6月，尚秀花是在和合学校读初中。那是个半农半读的学校。

1970年5月间，学校搞勤工俭学，用课余时间砸石头。尚秀花也积极参加了。

天气很热，大家都干得汗流浃背。有一天她跟师生们一起干活。过了一会儿，带队的干部李国振拿起喇叭喊："大家累了吧？现在休息一下。"

师生们围拢在李国振周围。他说："今天《人民日报》有一篇重要文章，哪位同学给大家读一读？"

一位老师指着尚秀花说："就她吧。这孩子叫尚秀花。"

于是尚秀花开始读报。李国振发现她声音甜美，普通话标准，念起报来字正腔圆，便不由得问："这位女娃，你初中快毕业了，有啥想法？"

尚秀花似乎完全不需要什么思索，爽快地说："党需要我干啥就干啥。"

李国振已经了解到出身贫农家庭的尚秀花，虽然从小没有过上什么金贵的生活，但她从来没有叹息，没有失去过青云之志。

在尚秀花印象中，如果哪个社员家里有了困难，生产队的领导都会跑到他家里去帮忙，若情形比较严重，公社领导也会在第一时间前往。她觉得生产队非常温暖，虽然比较贫穷，但人心都是热的！同时，乡亲们一般都是直肠子，不大会说弯子话和漂亮话，答应了的事就去兑现，决不敷衍；也不委身于任何领导而只是凭自己的本事吃饭，相当有当家做主的自豪感。

李国振满意地就势说："那好，现在你们生产大队需要一个广播员，正请我物色人选呢。我看你行。你收拾一下，就去大队部报到吧！"

尚秀花内心有些矛盾，她曾经想初中毕业后继续读高中，然后考大学，争当村里的第一个女大学生。因此她嘴里虽然答应着，实际上回家后立即给哥哥尚春法写信，问："不上高中不甘心，但又不想不服从分配。你看究竟怎么办好？"

尚春法立即回信："服从组织决定。"

一些生产大队的干部也来做尚秀花的思想工作，告诉她："眼下全国农村正在普及有线广播，对广播员的政治条件、文化素质都要求很高，一个大队才有一个，每天能按照女子强劳力的标准，记8个工分。你还是去吧。"

就这样，尚秀花当了生产大队的广播员，每天到广播室上班。从此成了"准公家人'"，身份是"合同工"，比正式工矮一截。

7月的一天，尚秀花刚刚播音结束，关了机器，坐下来准备读一本当时社会上正在流行的小说，一个外村来大队办事的人问："小妹子，听说咱们大队有一户军属家出事了？你知道吗？"

尚秀花先是到大队部各个办公室找了找，只见都是"铁将军把门"。她禁不住心里嘀咕："会不会哥哥那儿出了什么事？"

尚秀花赶紧跑回家，见家中人都好好的，没有什么异常，便把那外村人问的事憋在心里，一个字也没有说，又返回广播室。

尚秀花，1970年8月，在密县文化馆展览馆
任讲解员时照片

1970年8月，县里办了一个"阶级教育展览"，抽调尚秀花当讲解员。李国振见她每天背文化馆编剧周文山写的解说词，工作特别认真。据说县展览馆曾有过一些转正名额，她本来有可能转正，但某些领导想把名额用于自己的子女，结果鹬蚌相争，她没能变成"渔翁"。

到了11月，大队领导来到密县展览馆，找到尚秀花，对她说："部队来人了，让你回去一下呢。"

第二天，李国振请人招呼她："秀花，你到大队部的卫生室来一下，我有话跟你说。"

两人坐下，李国振道："容我慢慢讲……你哥哥春法在部队表现一直很优秀，早就入了党、当了班长……你哥哥最近在一次战备施工中因抢救战友英勇牺牲了……"

尚秀花一听说从小引领自己的哥哥骤然牺牲，简直痛不欲生，几十天不能入眠……

一直屏住呼吸静听李国振介绍情况的凌解放和麻年会，显然都沉浸在一种庄严的氛围中。凌解放说："我们见到春法的亲属，不可能不再次提到这个残酷的话题，想起来，心里真是难受……"

第6章

次日，大自然在晨曦中苏醒过来，村庄里传出一声声的报晓鸡鸣。从农舍屋顶上的烟囱里，向着鱼肚白的天际，袅袅飘起了稀疏的炊烟。

上午，凌解放和麻年会进到村里，村口的田里，散落着三三两两劳作的人们。他们远远地看到前面有一草垛，就向着草垛方向走去。近前，见到一位老农，正赶着一头骡子拉粪。

他俩走近前去很有礼貌地和老农打招呼，并亲切地与他攀谈起来。那位大爷一边与凌解放、麻年会交谈，一边仍然埋头卖力地劳作着。

凌解放和麻年会一边聊天一边走上前去帮大爷料理牲口。

过了一会儿，大爷忽然抬起头来，眯起眼睛打量着凌解放和麻年会，见他俩都是一身军装，都有一双和蔼可亲的眼睛。他也许心想着这可能是县人武部或军分区派来的检查民兵工作的干部吧，因而，心存疑虑地问道：

"你们是城里来的吧？"

凌解放温和地回答说："是的，我们是从那边（回手指了一下郑州的方向）过来的。"

随后又继续与老农热情地闲谈起来。

谈着谈着，凌解放凭着李国振介绍过的情况，渐渐判断出这老农就是尚春法的爷爷尚长林。

他热情地说："大爷您好！我们正想去您家看看您呢。"

"看我？我一个老头子有什么好看的？"尚长林说。

凌解放继续热情地寒暄："大爷啊，咱们一路走一走，中不？"

尚长林和蔼地回答："咋不中？"

这一老两小并肩缓步前行。

一路上，尚长林虽然心有疑问，但还是主动找话说："地里的庄稼今年好着呢。"

凌解放"哦"了一声，问："大爷，能算丰收吗？"

尚长林道："托毛主席的福，不光是丰收，还是个大丰收呢。"

凌解放问："大爷，您家里还养了鸡？"

"养了，有几只。"尚长林接着说，"每天还能下个蛋呢。"

老人情绪还算平稳，凌解放和麻年会的心思却越来越重。

天空似乌云笼罩。

进了尚长林的家门，3人各自坐定，凌解放和麻年会开门见山地把事情谈了。

他俩见尚长林的花白头发上冒出热气，汗珠子像麦穗串一样串在粗硬的头发上，在阳光下闪着晶亮的白光，同时听到他拉风箱般的喘气声。

尚长林嘴里却说："孩子们，接着说吧，我顶得住啊。"

凌解放道："大爷，您看这个事。"

老人道："孩子们，甭说啦，我，生生死死的都见过，说吧，我行啊。"

凌解放和麻年会结结巴巴地说了尚春法牺牲的经过。

老人明亮的眼睛混浊了，眼前比锅底还漆黑，再也抑制不住，嘶哑地大放悲声："春法啊！昨天一听说解放军同志来咱生产大队，我就觉得会有事儿了！可我不能问，也不能哭啊，春法呀，你没给你爹娘丢脸，也没有给爷爷奶奶丢脸，我们也不能给你丢脸，春法啊！"

到了老人的家，凌解放掀开沉重的有许多补丁的棉门帘，进入中间的堂屋里。见一位老奶奶正坐在一个小矮凳子上，往一个大柳笤箩里搓玉米。

凌解放和麻年会怀着悲痛的心情又谈到此事。他俩看到了奶奶的手在颤抖，以至于能听得见指甲在桌子上碰出的细碎声响，遂安慰道："奶奶，您别难过……"

他俩还想说点什么，话到嘴边又咽下去了。他俩本来准备好许多安慰老人的话，可是见了奶奶那张布满阴云的脸，一时只有满腹的怜悯与同情。

奶奶的眼睛首先湿了，整个人仿佛傻了似的。

坐在奶奶一旁的母亲说："我的眼珠子都没有了，还要眼眶子有什么用？"

那段时间，母亲是夜夜抹眼泪，长时间睡不着觉。

媳妇王春花抱着孩子号啕大哭："春法啊，就在你入伍后一个月，我生下了儿子尚智敏。你一天父亲的职责都没有尽到啊。是妈妈和奶奶等家里人，把原本应当由你照顾我的事情，像做饭、干家务、抬东西等都一一承担了下来。1966年年底，我曾经抱着智敏到太原探亲，才让你见到了咱们的儿子。今年春节，你第一次回乡探亲，智敏已经4岁了，谁能想到那竟是你唯一的一次探亲呀！春法，你走了，咱们的儿子今后可怎么办啊！"

刚满15岁的弟弟海法也在抽泣。

好日子总是显得快，而痛苦的日子则让人感觉度日如年。全屋哭声一片哀绝，持续了很长一段时间，人人心里都很痛。

尚长林劝其他人别哭了。劝着劝着，自己的泪水又模糊了双眼。倒是凌解放和麻年会理解亲人们，对尚长林说："大爷，让他们好好哭一会儿吧。大家心里难过，哭哭会好受些。"

尚长林听从了凌解放和麻年会的话，没再劝。

与此同时，大队干部们没有在大队部开会，而是到村外一个村民起石料的地方，几人就坐在形状各异的石料上，商量怎么做好善后工作。

凌解放和麻年会迈着沉重的步子离开了尚家，顺着原路下坡。但他俩心中一直放不下，因此晚上又折了回来，索性就找了个空窝棚住了下来。

三更大，凌解放起夜时发现尚长林仍端坐在院里的小石礅上，一激灵，睡意顿时全无。

凌解放心痛地扶尚长林坐在桌边，倒了碗白开水，一句安慰的话也说不出来。

他问老人有什么要求。尚长林没马上应声，默无声息地望着他，许久才一字一顿："没有。你们也不能整天愁眉苦脸啊！"平静的语调里透着思虑再三后的坚决。

凌解放和麻年会道："春法是好样的，有要求您就说。"

次日大队书记来了，对老人们说："春法这事是很光荣的。虽然大家都很痛苦，但总要面对现实呀。"

尚长林说："春法要是个好样的，走得光荣，是个英雄，部队就给他记个功呗。我想把那个军功章在家里摆上，然后就还给孙媳妇王春花。怎么着也有人家的份儿不是？"

凌解放和麻年会含泪问："功部队已报上去了，想问您生活上……"

老人说："没啦。现在共产党多好，孩子出事了还专门派人来看望。我儿尚甲木当年被国民党抓了壮丁，还被扎了一刀，就是死了不也就是拿破席子一卷扔到野地里吗？"

尚春法的父亲尚甲木说："春法在部队牺牲了，我闺女今年18岁了，就让她继承哥哥的遗志，当兵去吧！"

尚秀花道："我哥哥牺牲了，今后再没人喊我'秀花妹妹'了。我哥哥是最优秀的，我愿意继承他的遗志，接好哥哥的班！"

凌解放问尚秀花："小妹妹，你看过电影《英雄儿女》吗？"

尚秀花点点头。

凌解放说："那你是不是要向电影中的女主人公王芳学习呀？"

尚秀花又点点头，并随即正式写了一份入伍申请书。

乡亲们都很理解他们一家人的心情，总会默默地来陪他们，和他们一起悼念牺牲的英雄。

凌解放返回部队后，向领导反映了烈士尚春法的家人及尚秀花本人要求参军的愿望。部队领导批准后通知了密县人民武装部。

1970年12月10日，县展览馆的领导通知尚秀花："县武装部通知你到县医院去体检啦。"

尚秀花晓得体检是当兵的第一关。她了解到女兵的身高、体重标准，心想：自己的身高肯定够了，可是体重似乎轻了一点点，体形瘦瘦的，似乎弱不禁风，于是灵机一动，把一大碗白开水灌了下去，结果一上秤，达标。

第7章

就这样，尚秀花 1970 年 12 月光荣入伍，成了当时颇为"稀少"的女兵。

她很难忘记家乡的那条小路，还有那小得不能再小的火车站、蜿蜒漫长的铁路。

高大的槐树，婀娜的柳树，拥抱着小火车站。它只有一栋结构简单的平房——青瓦黄墙，两室，一边是候车室，一边是售票室兼站长居室，从售票窗口可以对"站长家庭"一览无余：妻子，一子一女，一个摇篮以及杂乱的家具。

平房后面有清可见底的水塘，塘里有绿色的浮萍，要是下雨，坐在候车室可以看到池塘水面上密集的跳跃的圆点。靠近玻璃的树枝上，可以看到被虫子噬出一个个小孔的叶子，在风雨中瑟缩。一切是那样自然、静谧、祥和。

列车，朝中国版图的"鸡冠"方位疾驶而去。新兵尚秀花从车窗里看到茫茫原野刚刚飘落一场大雪。纷纷扬扬的雪花，让冬天像个冬天了。她任几星雪花钻进车厢，扑在自己脸上，化成点点水滴。

经过两天长途跋涉，尚秀花一行冒着搅天风雪，抵达一个名叫"白城"的火车站。

一下列车，尚秀花就踏进了东北的严冬这幅巨大的水墨画里。那飘落的雪花像捉迷藏般，尚秀花伸手想要抓住它时，却不知了去向。

据领尚秀花

1970 年 12 月，尚秀花由河南密县前往吉林白城 201 部队时，路过北京天安门照片

来的周文山老师和一位部队干部介绍，此地属吉林省，是地级市，位于大兴安岭山脉东麓嫩江平原西部，科尔沁草原东部。

尚秀花早就听语文老师张普照和县文化馆的周文山编剧说过，满族作家端木蕻良 30 年代就写过长篇小说《科尔沁旗草原》，成为当时东北作家群有重要影响的力作之一；蒙古族作家玛拉沁夫则在 1956 年出版了长篇小说《在茫茫的草原上》，并改编为电影。张普照在课堂上讲到过关于科尔沁旗草原的故事。她想不到自己如今也要开始在这块土地上生活了。

尚秀花先被带到总后勤部白城办事处的招待所。所里的服务员都是穿军装的男、女战士。领兵的干部介绍："这位女新兵来自河南，可是咱们部队的英雄尚春法烈士的妹妹呢。"

一位可爱率真的女战士抑制不住兴奋的心情，大声地喊起来："英雄的妹妹来了，她就在我们身边！"

这一喊，像是在平地里突然间放了一串脆响的鞭炮，立即炸开了。其他男、女战士都飞跑几步，向尚秀花奔来，把手伸过来要与她握手，尚秀花立即放下手中的行李，把手伸了过去。可是这只右手收不回来了，因为十余只手又伸了过来。尚秀花发现，许多战士眼眶里闪动出莹莹泪光。他们握过手，又格外热情、争先恐后地帮尚秀花拿行李、安排住处，使她的眼睛也湿润了，顿时感受到部队这个大家庭的温暖。

第二天，房顶上又加了一层新雪。一尺多厚的积雪，纯白至净，在阳光下闪着耀眼的白光。上午，那位领兵的部队干部就带尚秀花到军务处报到。

军务处又请军需处送来一套崭新的女式军装。她穿上绿军装，戴上红领章、红帽徽，国防绿包裹住她刚刚发育成熟的英姿。

随后，曾经担任过206团政委的办事处于洪义副参谋长接见了尚秀花，勉励她"向英雄学习，向哥哥尚春法学习，不怕苦不怕累，努力锻炼自己，成为一个好战士"。

尚秀花被分配到白城办事处的教导大队。她看见从各个角度闪现出来的亲切、诚恳的面孔，当一个好兵的信心更加强了。

教导大队的驻地在白城郊区，周边环境比办事处机关又要荒凉许多。

土路上，积雪渐渐厚了。前方一片洁白，山野、村庄、民居都成了"琼楼玉宇"，呈现出"群山雾茫茫，白发三千丈"的奇妙景色。树都落光了叶子，光秃秃的了，冷风刮过一片飒飒作响，更为山野增添了一分荒凉。夏天肯定会如绒毯一般柔软起伏随风飘逸的树梢上，此刻却罩上了一层晶莹剔透、似冰似雪又非冰非雪的"琼花"。汽车在冰雪路面上艰难行驶着。没想到它走到半路，忽然在前不着村、后不着店的公路上熄火了。没说的，车上的干部、战士都下来推车，累得上气不接下气，然而汽车仍然纹丝不动。司机钻进车底烤油箱，手脚都冻得通红，手指关节似乎都已僵硬，油箱却依然冷冰冰的。

怎么办？于是，那位领兵的干部就带着这支由几名男、女新兵组成的临时"小分队"，拿出了抗御严寒的最好"法宝"——急行军。

尚秀花等几名血气方刚的新兵一边行军一边唱歌，始终士气高昂。

天气很冷，教导大队的屋子玻璃窗上现出很多冰雪刻成的窗花。屋里生起炭火，尚秀花等女战士围着炉火喝口热水，五脏六腑便如被春水洗涤过了，顷刻心胸开阔，真是冰火两重天的享受。

在白城办事处教导大队，尚秀花等20几名女兵住的是"干打垒"房屋，睡的是大通铺，褥子下面铺的是干稻草，取暖烧的是砖头和泥土砌成的火炉。"方便"时用的是屋外木板做成的旱厕。她们吃的经常是高粱米、脱水菜、盐水煮黄豆。

大家的积极性都很高，且有一种新鲜感。不仅整理内务、卫生不甘落后，见旱厕坑里屎尿冻成了冰疙瘩，也不怕脏、不怕臭地争相清理，扫帚、粪勺因天寒地冻失去了"用武之地"，便改用镐头刨、铁锹铲。一些男兵见了，也情不自禁地向她们竖起大拇指，用豫剧《花木兰》中的唱词唱道："谁说女子不如男！"

那时的女兵似乎都在尽量淡化两性差异：不可以留长发，不可以臭美，不可以娇气；照镜子一般是偷偷照，哭一般也是偷偷哭；到了青春期，含着胸，羞于自己与男青年的不同……

新兵除了必不可少的政治学习，女兵们每天还要用相当时间进行队列等最初的军事训练。

东北的冬天寒冷异常，满眼都是银装素裹，粗犷苍茫。参天的松柏，挺拔的云杉，潇洒的白桦林，伴以朔风凛冽，寒气森森，似乎把整个天地都冻透了。指战员们棉衣外加皮帽、皮大衣，毛袜外加皮大头鞋、皮手套，似乎都像薄纸般顶不上大用。

随着指挥员喊的口令"立正！""向右看齐！""齐步走！"等，女兵方阵不乏新奇地一一行动。当有时某个女兵不巧把"向右转"做成了"向左转"，或"正步走"时胳膊、脚步成了一顺儿，惹得操场旁看热闹的男兵们一阵哄堂大笑。

操课时，有时尚秀花冻得直打哆嗦，上下牙齿哒哒哒直敲，脸颊和嘴唇都干裂得冒出鲜红的血珠。

有时，她也难免不由自主地想：这种紧紧张张的艰苦生活，什么时候才是个头啊？

她想找一位老同志谈一谈自己的想法，然而又不敢在班务会上说。犹豫中，她忽然想起一个可以信赖的名字——凌解放。

于是，尚秀花大胆地给哥哥生前的战友凌解放写了一封短信，实事求是地谈了自己的想法。

凌解放很快就回了信，针对尚秀花的思想实际，讲了新战士应当刻苦磨炼自己的道理，勉励她走哥哥尚春法的英雄道路，做一名真正的人民战士。

凌解放的回信，成了尚秀花的替补教科书，使她的心豁然开朗。她想起当年抗日联军在歌中曾唱过的："火烤胸前暖，风吹背后寒。"

她再看每天都要经过的那片临近营区的白桦林，那片相当冷清而又使她有一种特殊感觉的小树林，感到它有了一种十分新鲜的感觉。这白桦林虽然不像有些地方那样热烈沸腾，繁荣忙闹，但它的淡泊宁静与眼下的时节似乎更为和谐，其刚与柔交织，清冽与炽热相融，整体上真像一幅凹凸分明的版画。在尚秀花的心目中，这白桦林好美啊，每一片在微风中飒飒抖动的铺有一层淡淡脂霜的叶子，都像打碎的金片、银片，枝干则俨然是一群苗条挺秀、身着白裙的北国姑娘，默默地观望着改革大潮初起时的东北大地。

在教导大队，严格思想教育和组织纪律，特别注重传统作风的养成，对新战士的成长无疑是好事，确实能使新战士们的灵魂得到净化。

尚秀花清晰地记得部队组织新兵们观看《英雄儿女》

尚秀花，1971年2月，在白城321医院工作时照片

——我军阵地被炮火炸成废墟，敌人成批蜂拥而上，王成"双手紧握爆破筒，怒目喷火热血涌"，高呼"为了胜利，向我开炮"！尚秀花和战友们被片中惨烈的场景和王成的英雄形象深深感动和震撼！看完电影，"为了胜利，向我开炮"的呼喊声，仍如惊雷响彻在耳边，久久不能平息，片中《英雄赞歌》激扬动人的旋律也余音绕梁，许久未散去。

尚秀花每天在紧张的训练、学习中，事事拼命走在前。一天到晚，每一根神经都时刻处于兴奋状态。早晨，她常是默默无声地第一个起来，抄起扫帚就清整卫生，那唰唰的声音一直响到其他新战士来临；帮厨、喂猪、掏厕所等最脏最累的活，她也无不抢着干；晚上不是给连队写黑板报，刷大标语，读报纸，就是用床板或背包当书桌，见缝插针地读书。

连队晚上9点就熄灯了，尚秀花不是在走廊、厕所、值班室的窗外"借光"，就是夜间在被窝里用手电筒照明，加班学习。

那时候，她常常是一边读，一边将自己的见解写满字缝行间、天头地角。有时，任凭屋内其他战士们闲谈、玩耍、下棋、打扑克……似乎对一切喧哗都充耳不闻，如入空瓶。

深夜，当她精疲力尽地躺到简陋的通铺上，只感到浑身仿佛散了架一般，脑袋一挨枕头就酣然睡着……

极度的紧张，极度的艰辛。然而，尚秀花感到内心很充实。她常常想起少年时代读过的《钢铁是怎样炼成的》一书，想起保尔·柯察金，想起他们在西伯利亚的寒流与风雪中筑路的情景。

尚秀花感到，自己与他们所处的时间与地点尽管迥然不同，然而二者之间所焕发的精神却是一样的。她知道自己来到部队，就应一切从零开始，倘若不愿碌碌无为过一生，那么成功的代价只能靠自己的加倍努力。

在紧张、艰辛的训练之余，尚秀花爱登上营区附近的山坡，看那广袤的蓝天上，矫健的雄鹰在自由自在地飞翔。

正是这样的环境和意境，使她得到磨炼。她将自己的理想和梦想，都伴着汗水洒在那片冰封雪冻的土地上。

两个月后，新兵训练结束，大家就要分配单位了。尚秀花向领导打了报告，要求将她分配到哥哥生前所在的206团，决心像哥哥那样到最艰苦、最危险的岗位战斗。

2月28日，教导大队在操场召开了全体新战士大会。大队长站在讲台上每宣布一个名字，便由一个单位的领导把一名新兵接走。

尚秀花被分配到321医院勤务连电话班。

通往321医院的土石公路坑坑洼洼的，有时她被抛向车顶，有时她的额头又被磕在铁扶手上。尚秀花顾不上看一看自己的手背有没有被撞得青一块紫一块，胸中只有充满对新生活、新战斗的憧憬。

巧得很，勤务连连长王同月正是尚春法生前所在连的连长。

王同月对尚秀花说："你哥哥是最优秀的。你能到勤务连来，我表示热烈欢迎。"

见到了哥哥生前的领导，尚秀花十分高兴。

王同月首先对尚秀花讲了一番通信工作的重要性。

那些天，尚秀花心里特别兴奋。晚上熄灯的哨音已经响过了很久，可她还是翻来覆去地睡不着，脑子里全是什么千里眼、顺风耳，耳朵里全是柴油机的轰鸣声……第二天一早，起床哨还没响，她就悄悄起了床，到外面仔细地环视医院的全貌……

321 医院建在一小块东西走向的河谷边上。蓝蓝的天空，白白的云朵，高高的山峰，深深的河谷。一字排开的柴油机房、锅炉房、厨房、饭堂、电力室、载波室、总机室、卫生室、办公室、宿舍和库房，一一坐落在山坡上。锅炉房的顶部竖立着一座高高的四方形青砖大烟囱。当时，这样的烟囱很少见，后来她才知道，它还是干线沿途机务站的一个重要标志呢！

医院最东面的山凹处竖立着"井"字形的明线终端杆，再往前已经无路可走。医院的最西边是柴油机房，顺着油机房旁边的一个近 40 度的大陡坡上去，就是医院通往外界的唯一出路。营区前面几十米处是一条大约宽 30 多米、深八九米的河槽，常年有溪水从东面的上游顺着宽阔的河槽向西缓缓流去。河槽对岸的一个转弯处有一口渗水井，为医院提供日常用水。井里用钢丝绳吊着一台潜水泵，碗口粗的抽水管一直通到锅炉房的大水箱里。

3 月 1 日，尚秀花便到机房参加了战备值班。

新的单位，新的环境，新的工作，对尚秀花这个小新兵来说充满了诱惑，无论干什么都劲头十足。在政治学习、专业训练之余，她总是主动地找活干。同志们都发现尚秀花这个烈士的妹妹并不是一个会滔滔不绝发表议论的人，甚至是一个拙于言辞的人。

自从医院组建，这方圆几公里的范围就成为军事禁区——成为指根据军事需要，按照国家法律规定划定的禁止无关人员进入或限制其活动的特定区域。为了保密，那时来医院探亲的干部家属只能借住在几公里地外的村子里，干部每天去村里老乡家借住，而那些家属直到离队时也不知道医院到底是个什么样。

在医院东面的山坡上，是各小单位开垦的菜地。一股清澈的小河缓缓地流过，一直流进大家修建的蓄水池，供医院使用。当时医院的技术员曾经把河水送到有关部门去化验，结果是富含矿物质，在如今看来就是天然的矿泉水了！机房的前面是干部战士们自己动手修建的篮球场兼操场。对面的山坡下是战士们用石头垒成的猪圈。山坡上长满了各种灌木，还有一棵棵战士们亲手栽下的白杨树。女兵们还在宿舍窗前的花池里种上了非常好看的山丹花等野花，整个营区被装点得五颜六色，充满了生命的气息。

每天上午值夜班的同志补觉，而休班的人员通常都是劳动，不是修路、栽树，就是垒猪圈、修羊圈，不是打羊草、侍弄菜地，就是加固护坡和防洪坝，偶尔天气不好时才会有时间洗洗衣服、写写家信。晚上一般是俱乐部活动、读报、班务会、晚点名等。周六上午通常是擦拭武器、卫生大扫除，下午则是雷打不动的党团活动时间。

然而几天之后，尚秀花的那股新鲜劲儿慢慢凉了下来。她心想，整天在屋子里头和塞绳、耳机打交道，能得到多少哥哥那样"火热"斗争的锻炼，能做出多少哥哥那样"惊天动地"的贡献呢？

第8章

　　针对这个问题，尚秀花又给她视为兄长、老师的凌解放写了一封信。

　　人一辈子总会遇到一些可以称之为"兄长、老师"的人，有些是礼貌性的，而有些必是发自内心不由得让你想尊称其"兄长、老师"！

　　尚秀花入伍后，经常给凌解放写信求教。凌解放也把她当小妹妹一样看待、关注。

　　那些从记忆的缝隙里洒下的光早已不着痕迹地浸入灵魂，构成了个人经历中最坚实的部分。这无关乎崇拜，而只是心灵相接的肃然起敬。

　　凌解放及时地回了一封长信：

　　秀花小战友：

　　　你好！接到你的信时，正是3月5日毛主席给雷锋同志题词8周年的日子。据我查看有关资料，从1963年到1965年期间，毛泽东同志曾先后6次讲雷锋，两次看话剧和电影《雷锋》。作为党的领袖和军队的统帅，如此高度关注一个普通战士，在我们党和我们军队的历史上是很少见的。领袖与群众，统帅与士兵，像毛主席与普通一兵这样心心相印，令我十分感动。雷锋是时代的楷模，雷锋精神是永恒的。目前全国各地社会各界助人为乐、公而忘私、爱国奉献、诚信友善、勤俭节约、艰苦奋斗、遵纪守法蔚然成风，《学习雷锋好榜样》的歌曲几乎人人会唱，并且自觉地按照歌词的内容去做，努力争做雷锋的传人。人人心里都充满了阳光、充满了自信、充满了希望、充满了理想。

我认为学雷锋不是学那两件先进事迹，也不是某一方面的优点，而是要学他的好思想，好作风，好品德。学他长期一贯地做好事，而不做坏事，学他一切从人民利益出发，全心全意为人民服务的精神。我们既要学习雷锋的精神，也要学习雷锋的做法，把崇高理想信念和道德品质追求转化为具体行动，体现在平凡的工作生活中，做出自己应有的贡献，把雷锋精神代代传承下去。如果人人都能在自己的岗位上做一个永不生锈的螺丝钉，我们的凝聚力、战斗力，将无比强大，我们将无往而不胜。

张思德、董存瑞、黄继光、邱少云都是雷锋学习的榜样。在雷锋日记中，他多次写到他们的名字和事迹。英雄的血脉在雷锋身上延续。他虽然没有机会献身战场成为战斗英雄，但他在"无限的为人民服务"中实现了"平凡的伟大"，成为中华民族的道德丰碑。

早在延安时期，毛主席在《为人民服务》的演讲中开宗明义："我们的共产党和共产党所领导的八路军、新四军，是革命的队伍。我们这个队伍完全是为着解放人民的，是彻底地为人民的利益工作的。"在抗日战争的烽火岁月，毛主席为全党全军树立了白求恩、张思德这样的道德模范。抗战胜利前夕，毛主席在中国共产党第七次全国代表大会上所做的政治报告《论联合政府》中，对人民军队的宗旨作了概括："紧紧地和中国人民站在一起，全心全意地为中国人民服务，就是这个军队的唯一的宗旨。"毛主席"为人民服务"的手书还被镌刻在了中南海新华门的照壁上，共产党人的初心日月可鉴。

"为人民服务"昭示着我们的党和军队需要一大批张思德、雷锋这样全心全意为人民服务的忠诚战士，我们的人民大众欢迎这样的人。所以，在解放全中国及抗美援朝时期出现了张思德、董存瑞、黄继光、邱少云，建设新中国时期产生了雷锋。

如果说英雄是指那些具有无私无畏，不怕牺牲精神并能够意识到自己行动的意义，愿意为公共利益或国家民族利益、人民利益而英勇奋斗、流血牺牲的道德高尚的人，那么我认为解放军的行列里有两类英雄人物非常鲜明：一类是在战火中或抢险救灾的非常时刻化为金刚的战斗英雄。堵枪眼、炸碉堡、拦惊马、救群众，洒一腔热血，视死如归，我们因这类战斗英雄而骄傲。一类是在平凡岗位上为民造福的道德榜样。立足本职、兢兢业业做好工作、帮孤寡、扶弱贫，送爱给人间，我们因这类道德榜样而自豪。

雷锋是一个平凡的人，做的也是平凡的事，只不过因为他的思想境界高，他的平凡中体现了不平凡。这就和战争年代像董存瑞、刘胡兰、黄继光、杨根思、邱少云那样的英雄，在行为上有所不同。雷锋的事迹告诉我们，只要做平凡的事情，也能成为英雄人物。做好人好事的最高境界不应是为了好报，不然，做好事岂不变成了做生意？毛主席正是抓住了雷锋这个典型，让千万个雷锋在成长，成为行得通的现实景象。这便是伟大领袖发现了一位平凡的伟大战士，及时准确地引领时代的方向，让全国人民觉得英雄离我们不远，我们离英雄很近。这样一来，雷锋就变成了名副其实的榜样。

事实上，我们每个人的心灵深处都会有那么一根弦，只要轻轻一拨，就能弹奏出人性的真善美。把自己的工作认真完成，用餐不浪费一米一菜，把捡到的物品送还失主，给孕妇让座，把路边的杂物拾起来放进垃圾箱……凡此种种，都是在学习雷锋。

两种榜样融为一体，这在迫害过你父亲的旧军队是不可想象的，而人民军队却让它们完美地结合在一起，因为人民军队有一个始终不变的"核"——"全心全意地为中国人民服务"，雷锋无疑是这个"核"中的典型代表。雷锋精神能够激发官兵牢记党和人民重托，为祖国利益敢打敢拼，不惜奉献牺牲；雷锋精神能够让官兵牢记"我是人民的勤务员"，平时为人民扶贫济困，关键时刻赴汤蹈火，做一个最美志愿者；雷锋精神能够让官兵安于平凡，做一颗永不生锈的螺丝钉，在本职岗位上干出"最好的我"！

至于我们每个普通人能不能成为英雄、模范，我想应当是可以的。毛主席在《七律·送瘟神》一诗里写道："春风杨柳万千条，六亿神州尽舜尧。"唐尧、虞舜是明君，是善的化身、仁的象征。也可以说是那个时代的英雄人物。

依照历史唯物主义原理，尧舜的品格、成就绝对不是与生俱来的，无不是学而知之、锻炼而成之。我们都知道参加过两万五千里长征的老前辈个个都是钢铁汉。可是你可能不知道，长征出发时，红军队伍里还有刚刚俘虏过来的白军，有剃着阴阳头的"流氓"。他们跟随红军走了不到一万里便转化成红军。长征是去杂提纯的大熔炉。今天我们能做的，也应当做到的，就是在解放军这所大熔炉里，努力学习，刻苦磨炼，胸怀革命全局，立足本职工作，争当你哥哥那样的英雄、模范。

凌解放的回信如同一本书，使尚秀花读出了凌解放与哥哥尚春法之间战友情谊的原味。她深受启发，感到哥哥及其战友的目光一直投注到自己心里，成为自己奋发努力的原动力。每当她遇到挫折困惑时，总想静下心来写封信给凌解放等哥哥的战友，与他们谈谈心。这无疑是一个延续漫长岁月的故事。

尚秀花明白了"英雄贵在平凡"的道理，再观察身边的战友，就发现了不少很值得自己学习的普通一兵。

如专门负责烧开水的老武，中等个儿，不胖不瘦的身材，约莫50岁的年纪，模样普通得不能再普通了，只有那微眯着的眼睛里，总洋溢着一种笑意，让人难以忘怀。他左腿有点瘸，每往前走一步，总是右脚先着地，接着身子朝后微微一仰，左脚随之向外一旋，划半弯弧线，这才落地站稳。

每天清晨，上班后他都会挑着两个放满8只水瓶的铁筐，一跛一跛地将水瓶一只一只地放进每间办公室和病房。同事们说：

"老武早呀，来了。""老武，辛苦了！"他就一仰头，"哧啦"笑一声，再挑起两个焊成"田"字形的空铁筐，一跛一跛地离去。

老武在医院烧了10多年开水，虽然医院外面的村子里就有一口深井，但他却偏要到百米外的河里去挑。老武认为井水太硬，泡茶汤色不浓，没有河水绵软，泡茶滋养人，而且烧茶也没有茶垢。老武挑水用的是两只大木桶，桶的内壁已有些发黑，却舍不得到院务处领换铁桶。

老武平时很少说话。冬天别处的房子上都盖上一层厚厚的雪，只有他的开水房屋顶是黑着的。老武燃起两个大炉子烧水，全天候供应全医院百八十人的开水。尚秀花常看到老武坐在炉子旁，捶着右腿。听老同志说，那里至今还有几块弹片。每天在总机房值班，尚秀花端起茶杯滋润干渴的喉咙，觉得是自然而然的事情，似乎生活本该如此。然而有一天老武病了，没人送开水，她才猛地发现，原来老武也是大家生活中不可或缺的一部分！

这年三九天的一个清晨，老武没有送开水来。院务处长派通信员去开水房一看，老武躺在床上身子已僵硬了。而两个炉子里的火依然旺旺地烧着。老武死于何病，最终无从知晓。因不知他是否还有亲属，只好由医院出面，将他火化，葬于医院后面的一片荒地里。

尚秀花特意在一名老战士的陪同下，来到院墙外的那片荒地。只见落日熔金，暮色四合，漫野繁茂的松树默然肃立。几十座简朴的坟茔则整齐地排列着。尚秀花不由得想，有些地方，是颇能触发人感慨与思索的。坟墓、碑石似乎就是其中之一。人不能不死。犹如欢乐和苦恼是人生永恒的主题，生和死，也一直随着人类社会的存在而延续。只是她认为对作为高级动物的人来说，还有比生死更宝贵的东西，这就是为人民服务、甘做无名英雄的理想和信念。

老武去世后，医院再没有请人专门烧开水，而是每排营房配了一个电吊子烧水。不少人都嫌井水硬涩，纷纷念起老武的好处来。尚秀花从总机房的窗户望着老武那间落了厚厚一层雪的开水房，不由得热泪盈眶。她知道，老武活着的时候，那开水房的屋顶是从来存不住雪的！尚秀花向一些老同志询问了一下老武的有关情况，仅仅得到了以下信息：老武，男，1938 年出生，白城镇赉县人，参加过抗美援朝，复员后被安排到医院始终负责茶房烧开水，直到去世。

结合读凌解放的信和学习老武等平凡中见伟大的模范事迹，尚秀花又进一步品读了毛主席的教导：

> 知识分子在其未和群众的革命斗争打成一片，在其未下决心为群众利益服务并与群众相结合的时候，往往带有主观主义和个人主义的倾向，他们的思想往往是空虚的，他们的行动往往是动摇的。

她越学越觉得毛主席批评的正是自己，越想越觉得自己灵魂深处还"带有主观主义和个人主义的倾向"。自己向往的所谓轰轰烈烈的火热斗争，正是知识分子未和群众斗争打成一片以前思想空虚的表现；自己对连队生活和平凡工作的由"热"变"冷"，正是未曾改造的小资产阶级动摇性的表现。

这时，尚秀花又从报纸上看到一篇报道，说的是 1967 年 7 月烈士李文忠等受命护送一批群众和学生横渡赣江，返回农村。人们在赣江渡口下了车，李文忠组织大家登上渡船，朝对岸驶去。谁也没有想到，船到江心激流处，突然摇晃起来，江水溅过船帮，漫过船舱，一场沉船落水的险情眼看就要发生。在险情面前，李文忠等只有一个想法：一定要保证群众和学生们的安全！李文忠挺立船头，镇定地嘱咐大家："坐稳！"指定几位水性好的战士，做好抢险准备。不久，意外的灾难终于降临了。船里积水增多，船头陡然下沉，船上的人一下子全被抛进激流之中。李文忠等不顾一切地冲过急流，奋力抢救落水群众和学生。李文忠一次又一次地潜入江水中，抢救落水群众和学生，用尽最后的力气，在与激流的搏斗中，献出了年轻而宝贵的生命。烈士的弟弟李文红，坚决要求参军。经多次申请，他继承哥哥遗志，完成哥哥未竟事业的愿望终于实现了。李文红入伍后表现很好，又成为模范。

尚秀花决心向烈士李文忠的弟弟李文红学习。

思想端正了，行动也就自觉了。从此以后，尚秀花处处以哥哥及其战友为榜样，像李文红那样立足本职岗位，越是平凡的工作就越去一点一滴、扎扎实实地干。除坚持苦练话务基本功外，公差勤务她主动出，内务卫生她抢着整理。为了搞好连队的农副业生产，她常常利用休息的时间到菜地里翻地、锄草，到粪坑里掏粪、积肥……受到领导和同志们的普遍赞扬。

军营内不断涌现着平凡而感人的故事。尽管生活每天复制着平凡，但尚秀花开始爱凡人小事，因为它包含和谐、正气和温暖。她也渐渐明了，一旦累积的平凡达到了深度，便会产生一种辉煌和伟大。

正当尚秀花干得劲头儿十足时，白城办事处机关来了一名干部，要她当面写几行字看看。尚秀花于是拿过一份当天的沈阳军区的《前进报》，抄写了一段文章。

那名干部看了满意地点点头，问："你北京市有亲戚没有？"

尚秀花惶惑地摇摇头。

总机班另一名女战士说："秀花，会不会是哪个单位要打你的主意了？我分析，这个单位很可能是在北京……"

尚秀花平静地听着，未置可否。她内心想：不管那些。无论有什么事情，我都要像哥哥及其战友们那样，当个好兵。

第9章

总机班的那名女战士猜得没有错。1971年3月15日，尚秀花奉命离开了学习、战斗了几个月的东北。

大地深处一阵微微震颤，隐约传来汽笛声。天空飞过一只鸟。有风掠过麦田。火车就要来了。

尚秀花情不自禁地生出一阵儿依恋：自己在这里虽然生活、工作的时间不长，但却留下了难以磨灭的印象。

"应该说，我确实是幸运的。"尚秀花对前来送她的领导和战友说，"我有一个烈士哥哥，又得天独厚地在哥哥生前所在部队的哺育下生活、工作过。"

尚秀花由白城办事处军务处的参谋赵晋陪同（他正巧要到总后勤部司令部办其他业务），依依不舍地与送行的战友们挥手道别，踏上南下的列车。

他们看到刚刚飘落的一场春雪。春雪润物、润土、润人心，尚秀花感到这场春雪，就是送给当地父老乡亲最好的礼物！她仿佛看到了禾苗经过一冬的孕育，正蓄势待发，乡亲们露出了期望丰收的喜悦。

入夜，列车和旅客一起进入黑暗与混沌，当乘务员将尚秀花唤醒时，已是次日。车上的广播说："北京到了！"

尚秀花像突然得到指令的士兵一样，迅速从车厢里切换到站台上。

总后勤部司令部的一名男干部和一名女战士小D在北京火车站接到尚秀花。

一踏上北京的土地，尚秀花就产生一种莫名的感觉，仿佛进入了一个强大磁场。的确，北京弥漫着一种特殊雄伟、浑厚的大气：每个地方，每座建筑，每位人，每棵草木，每辆汽车……表面上都安详、平和，但其内里，又都是充满激情的。从河南迁徙到东北，又从东北迁徙到北京，这不仅仅是物理上的位移，而是不断寻找美好生活的过程。

总后勤部的汽车驶入宽阔的长安街。街上的风景一一折射着中国的历史光谱。汽车驶入她向往已久的天安门广场——那是毛主席等共和国领导多次与百万人民群众共同庆祝国庆、五一国际劳动节的地方。广场两侧是高大的人民大会堂和革命历史博物馆。

看到与天安门城楼遥遥相对的人民英雄纪念碑，尚秀花激动地联想到，那里面应该也蕴含着纪念为国捐躯的哥哥尚春法的内容。

尚秀花到位于复兴路22号的总后勤部司令

1971年5月，尚秀花来北京工作时照片

部报到后，被分配到司令部当打字员。总后勤部司令部机关的打字员分两部分，一部分是在司令部办公室的打字室，一部分是在机要处。尚秀花被安排在机要处。

这里除她而外，还有小D、高文香等3名女战士，她们都住在一间宿舍。

这间宿舍内几无长物，只有墙角的几张床，当中一张小桌子。宿舍楼窗户外昂然挺立着一棵高大的白果树，足有两层楼高，彼时正挂满了淡黄色的果实，在春日暖阳的照耀下，熠熠生辉，格外引人注目。

尚秀花感到总部机关的机要部门，各方面要求都很严格，不仅不能随便上街，而且不能与外界随便联系。

尚秀花的"武器"是一台老式打字机。她打开一看，好家伙！总共有2000多个字模。

小D见她一头雾水，便教她按照偏旁部首找字。

各行各业，对圈内的技术要求是一致的：基本功必须扎实。尚秀花像在321医院勤务连电话班记电话号码一样，用心默记字盘，没过多久，便把字盘都"装"进了脑子里。

当时战士们大多没有手表。小D刚刚提干，就通过司令部管理处一位参谋的关系，要到一张"手表票"，又花180元钱买来一只女式手表。这在机关里成为一件很新鲜的事。

那天晚上，刚要就寝的尚秀花接到通知："处里通知——来文件了，需要立即打字。你赶快到机要处办公室来！"

尚秀花看了看同宿舍的其他女兵，见她们睡得正香，便没有打扰她们，独自一人赶到机要处办公室，加班完成了打紧急文件的任务，接着又回到宿舍蹑手蹑脚地轻轻躺下。

尚秀花没有想到，第二天小D发现自己新买的手表"停摆"

了，便问她："你昨天晚上为什么拧我手表了？"到了打字室还见人就说："尚秀花把我新买的手表弄坏了。"

有几个不了解情况的战士还跟着小 D 说："你买不起手表，为什么把人家新买的手表弄坏呀？"

尚秀花仿佛当头被泼了一盆冷水，自尊和愤懑在脑海中产生了强烈的对撞，心中感到十分委屈、郁闷："根本没有的事儿呀！我怎么会弄坏别人新买的手表呢？"

日常生活中，的确有些话，某人说得很轻松，别人听得却很刺耳。也就是说，某人在不知不觉中，可能就因一句话、一个举动，刺伤了另一人。

尚秀花不禁想起入伍前，即将离开家乡时，一个很亲的长辈五婶专门来看她，特别给她两个烧红薯，并叮嘱说："我们河南人爱吃红薯，我感到红薯像儿女，出息要靠自己。红薯长在土里，生就的是土命，土命就要奋斗，奋斗要踏踏实实、悄声细语，千万别露脸。你想啊，假使红薯到了地面上，就要冻坏冻僵的，用不了几天，这黄橙晶亮的颜色就会变青，切开来也是青黛色的，大家就不敢吃了。所以红薯，埋在土里最本分，因而也是最容易生长、最安全、最健康。所以我们向来认为，女孩子家到了外面不能随便要别人的东西。"

尚秀花还不禁想起更早时间的一些往事：

那时她还不到 9 岁吧。有一天早上她从村外回来，在村边突然发现地上有一张 2 两的河南省粮票。

在经济暂时困难时期，2 两粮票几乎够一个人一餐的口粮了。她立马捡了起来，匆匆跑回家拿给母亲看。母亲不接她手上的粮票，问："你是从哪里捡的？"

尚秀花说是在村边路口。母亲脸色一沉，手一挥，说："从哪里捡的就放回哪里去！"

看女儿一脸的疑惑，母亲毫不犹豫，大声说："放回去！"

尚秀花吓了一跳，马上老老实实地跑了回去，把粮票放回到村边路口的地上。

说实话，她当时是不服气的，觉得自己应该拾金不昧，把粮票交给老师或生产队领导什么的，而母亲却剥夺了自己当好人做好事的机会。再说，谁又能保证自己把粮票放回去后不被别人又捡走呢？而母亲却不管这些，当尚秀花回来后，她拉着女儿的手说："我一个农村妇女，可不想那么复杂，你还小，很多事你不懂。跟你讲什么洁身自爱你更不懂。我只要你记住，从今往后，不论你在什么地方，只要不是你的东西，你摸都不能摸，看都不能看！"

她还要女儿大声地重复3遍。其实，尚秀花何必要3遍，她重复了一遍就永远记住了。

母亲在尚秀花少年时捡拾粮票事件上对女儿的叮嘱，让她牢记了一二十年。她也逐渐地明白了世事艰辛、人心险恶的道理，明白了母亲当年为什么说"你不懂"。

尚秀花感恩母亲。母亲是她人生的第一个老师。她日后想，母亲当年只是给自己灌输了一个普通老百姓都明白的最朴素的道理，那就是作为一个人，决不能有贪心，决不能不劳而获。母亲讲的道理，母亲的叮嘱，一直保佑着尚秀花。

尚秀花同样感恩父亲。她记得父亲的一句口头禅是"那可不能"。

有一次，幼小的尚秀花跟着父亲从地里汗流浃背地归来，时值正午，田野里一片寂静，只有火辣辣的太阳当空直射。途经生产队的瓜棚，看到碧绿的香瓜便垂涎欲滴，想当场摘一个解渴。

父亲扛着锄头，头也不扭地说："那可不能。"

"这不是生产队的嘛，又不是'人家'，咋不能呢？"女儿有些委屈。父亲像母亲一般，同样不解释，只用老农特有的固执加快回家的脚步，更加坚定地快速走过那片充满诱惑的香瓜田，只是简短而坚决，但又不失慈祥地再次重复："集体的东西，咱们不能动。"

尚秀花亦步亦趋地跟在父亲后面，颇不情愿地频频回望，渴得快要冒烟的嗓子眼里恨不得伸出一只手。但父亲这句简洁而平和的话，像块磁铁牢牢地吸引着她的身影。走进村子浓密的树荫里，她仿佛透了一口气，觉得父亲说得对，摘一个香瓜，算不算"偷"？要不要向生产队做个通报或解释？真是麻烦，还是回家喝碗凉白开，简单，干净，解渴。

"那可不能。"这话父亲总是运用得语气平和，却又恰到好处。即使是在一些大是大非的问题上，他也如此淡定地使用它，让人不容置疑。

人的一生不知要经历多少事情，以一年计，在生活中遇小事无数。虽然有的小事感人，在个把月里还有印象，但不久便忘记了。不过，有些小事尚秀花还真的记得很牢，连具体细节都能想起来。这些触动人心的生活小事，像是阳光下的"一滴水"，每天沐浴着她的心灵。

尚秀花参军后，父母每次来信也都叮嘱女儿："你年纪轻，要注意身体，在单位好好工作，尊重领导，与同事搞好团结。"

从此，尚秀花始终谨记长辈对自己的教诲，兢兢业业在这方面严格要求自己，在东北时也从来没有听到过这样的风言风语。

凭什么要人们为其他人拿出温柔与克制呢？其实不凭什么，就是因为世界应当敦厚，而作为人都应善良。文明，不是看到了自己，而是看见了别人。懂得尊重他人的人，总会先人一步想在前面。话到嘴边咽下去，事到临头改弦易辙，都是设身处地为他人着想。

想到这里尚秀花很快冷静下来，不仅没有一触即跳地跟小 D 吵，反而平心静气地说："小 D，你是入伍比我早一些的老兵，我很尊重你。你新买的手表出了毛病，着急上火我能够理解，但我确实是连你的手表碰都没有碰过。你是不是到修表店问一问，请师傅们看一看是什么问题？"

小 D 这才消停下来，到一家比较有名的修表店咨询了一下。修表师傅看后说："没什么大问题，可能是你上弦时劲儿太大了，以后注意点就行了。"

事后，机关里有的老战士告诉尚秀花："小 D 就是疑心较大，她平时自己的信一时没有收到，就常常无端地猜疑这个，猜疑那个。"

但也有领导批评尚秀花："你是个战士，怎么能这样？小 D 是干部，你要尊重她。"

这领导要尚秀花写检讨，她认为自己没有错，便没有写。

尚秀花心里不好受，便把精力更多地集注到学习上。学习，使她忘记了生活和工作中遇到的不快。

在北京工作，尚秀花曾经多次路过天安门广场，无论是阳光明媚、风轻云淡的春日午后，还是黄叶满地、斜阳穿云的深秋；无论是大雨停歇、天蓝如洗的夏天，还是冷风扑面、沉甸甸的初冬傍晚，每次途经那里，即便已经来过无数遍，仍然会下意识地驻足多看天安门和人民英雄纪念碑一眼。这似乎成了她必修的功课。

让尚秀花最难忘的是 1971 年 4 月 30 日下午，领导通知总后勤部机关各二级部的每个处室都要推举一个代表，参加总后勤部组织的方队到天安门广场观赏焰火晚会。尚秀花庆幸自己刚来机关工作不久，就遇到这样的机会，深感幸福。

5月1日按照近年来的惯例，天安门广场白天没有活动，主要是由各大公园组织欢庆活动。

当晚，尚秀花跟总后勤部的一部分干部战士都在新军装里面加上绒衣、绒裤，斜挎上军用水壶，列队到天安门广场。

焰火晚会开始了。五光十色的礼花升入夜空，把苍穹装点得一片灿烂。这对从农村入伍的尚秀花来说，自然是无比新鲜，令人心情激动的。

特别是当毛主席及其他党和国家领导人登上天安门城楼，同首都群众一起联欢庆祝节日时，广场上一片沸腾。尚秀花借用望远镜观看天安门城楼，见到毛主席高大的身影，心情更是掀起欣喜的波澜。这是她第一次，也是唯一一次在天安门广场同毛主席等党和国家领导人共同联欢。

后来，尚秀花又多次到过天安门广场。虽然经常重复着同样的路径，让同样的马路、楼宇、树木一次又一次地重叠在自己的记忆里，尚秀花也不仅丝毫不觉得枯燥和单调，反而觉得自己脚下的回声就是历史的呐喊，天安门广场的每一寸土地、人民英雄纪念碑的每一块砖石、长安街上的每一棵树木，都能给自己无尽的力量和启发，仿佛就此把心中那些褶皱与难受都抚平了。

1971年年初，党中央和毛主席号召大家认真读马克思、恩格斯、列宁等革命导师的几本书。尚秀花便拿出自己一个月的津贴费，全部用来购买了《共产党宣言》《反杜林论》等书籍。

一次总后勤部机关开纪念五四青年节的大会，尚秀花运用自己平时学习的心得，很快就写出一篇颇有水准的稿件。

尚秀花在机关大会上发言后，很多人问她："小尚，这发言稿是你一个人写的？"

尚秀花回答："是呀。请大家多批评指正。"

小D见有人赞扬尚秀花，很不高兴。

还有人悄悄"提醒"尚秀花："单从是非曲直来说，我同情你。但你也不看看人家背后是谁？"

"是谁？"尚秀花不解地问。

那人不说话了。

这天深夜，尚秀花躺床上，翻来覆去地睡不着。她自幼生活在关系和谐融洽的家庭里，往日很受父母、兄长钟爱，似乎从来没有受过什么委屈。参军后在白城办事处时，耳朵里听到的也多是赞扬、鼓励的声音。她想，那是不是说明基层单位的环境比较单纯，自己还处于烈士哥哥留下的"光环"里。而社会是复杂的，哥哥的"光环"，不能跟随自己一辈子。自己应当永远牢记哥哥的榜样，用他的英雄事迹和思想激励自己，但一定要从哥哥的"光环"里跳出来，尽快适应各种复杂的社会环境，完全靠自身的努力，成为一个成熟的人民战士。

尚秀花还想到，时代需要英雄辈出，更亟待人性光芒的闪烁。当今社会，竞争正渗透到每一寸土地，每一缕空气。它不可避免地污染了人们的灵魂。有的人每一丝鼻息都蕴含竞争气味，千万别成为这样的人。其实，竞争只是生活中极小的一部分，不应主宰整个社会和人生。温情和共存才是社会基本的基调。如果放弃竞争，失去的可能是名利，得到的却是宽阔的世界。能赢对手，却毅然放弃竞争，是一种人性之美。这不是排斥竞争，是要让竞争退居合适位置，有所为有所不为。生活是美好的，竞争的领域当然会有雄壮，有精彩，而竞争之外的世界更广阔，更柔美，也更精彩。既然自己独立地走上在茫茫大海波涛上摇晃的轮船，就要学会如何操作船只，并寻找到补充供给的陆地。

明白了这些道理，尚秀花为人处世就更注意内敛，虽然内心深处始终有着哥哥这个学习榜样，但在机关里从不以烈士亲属自居，工作踏踏实实，下了班不是铆足了劲为单位做好事儿，就是抓紧时间看书学习。因此群众关系很好，进步很快。

1973 年夏天，尚秀花和高文香一道跟随总后机关到八一湖参加游泳训

1973 年 4 月，尚秀花父亲尚甲木（右一），尚秀花母亲杨水仙（右二），右三尚秀花，前排尚春法儿子尚智敏，来北京时在天安门广场合影照片

练。那天刚下完雨，湖堤很滑，把她们 3 个女战士都滑到水里。

还不会游泳的尚秀花"扑腾"了几下，两手什么都抓不到。她紧张地心想：这下完了，难道我会被淹死了吗？

千钧一发之际，一个同样参加游泳训练的小伙子忽然把正在"扑腾"的尚秀花拽了上来。

她久久地坐在堤边发愣，遗憾连那个小伙子是什么样子都没看见。

没想到第二天刚刚走进办公室，总后司令部孙梦琪副参谋长就专门来看尚秀花，关心地问："小尚，听说你昨天游泳训练时遇难了？"

这让她从内心感动了一把，深深感受到部队这个大家庭的温

暖。在热火朝天的革命工作中，尚秀花干劲十足，精神昂扬。伴随着她匆忙的脚步，是上级领导的信任和周围同志"小尚"的亲切招呼。那个时期，她刚刚20出头，努力地工作和付出，都是不求获得表扬和提拔，只求理想得以伸展！

1975年1月，经过中共总后勤部司令部党组织的审查考验，机关党支部讨论了吸收尚秀花加入中国共产党的问题，介绍人是另一位女战士高文香和时任总后勤部张震部长秘书的赵义民。

尚秀花长达数年的追求共产主义理想的愿望终于实现了。她的心情可以用"漫卷诗书喜欲狂"来形容。

尤其使尚秀花难忘的是时任总后勤部副部长的老红军徐斌亲自参加了这个党支部会。

尚秀花到总后司令部机关后就听说这位老首长是四川达县人，1933年参加中国工农红军，1934年加入中国共产主义青年团，1936年转入中国共产党。土地革命战争时期，他历任红四方面军总保卫局勤务队队长，中国工农红军大学政治青年队队长，红四方面军总司令部侦察科参谋等职，参加了川陕革命根据地的反"三路围攻""六路围攻"战斗和长征。抗日战争时期，他先后任测量队队长、参谋训练队队长等职，参加陕甘宁边区反顽、反封锁斗争，完成了绘制翻印陕甘宁三省部分地区十万分之一地图的任务。解放战争时期，他先后任支队参谋长兼大队长、纵队参谋主任、东

尚秀花刚到原总后勤部时的老领导徐斌（时任总后勤部副部长、1955年被授予少将军衔）

北野战军铁道纵队第三支队政治委员、铁道兵团第三支队政治委员等职，率部抢修陶赖昭松花江大桥，长春至四平区段的铁路等，参加了辽沈、平津战役。此后，又率部担负东北至安陵、蚌埠至浦口段的桥梁线路抢修，参加了陇海、平汉、湘桂和宝天等铁路线的抢修工程。新中国成立后，他参加了抗美援朝，任铁道兵团三师政委，担负铁路线路、桥隧、车站的抢修和运输保障。1952年以后，他先后任铁道兵团参谋长、铁道兵参谋长、总参谋部军事交通部副部长、总后勤部军事运输部部长、总后勤部司令部参谋长、总后勤部副部长，1955年被授予少将军衔。

尚秀花在大院里每次与他路遇时，都会停住脚步，恭恭敬敬地唤一声"首长好"！同时敬一个军礼。

全机关的人都知道这位开国将军治学严谨，一丝不苟。而且不仅对自己严格要求，也非常注重机关里各级干部的基本功训练。

那天徐斌副部长结合回忆共产党员在战争年代是什么样子，谈了和平时期机关里的党员应当是什么样子。

徐斌说："我有一个四川老乡叫罗忠，也是1933年投身革命，任红四方面军工农剧团的团员。他1935年参加长征，曾经三过雪山、草地，受伤时被徐向前总指挥怜爱地扶上马背。1936年，罗忠随红四方面军总部参加西路军远征，由剧团转入战斗部队，后于1937年12月回到延安。亲历过抗日战争、解放战争，在纷飞战火中成长成熟，立下不可磨灭的战功。他在解放后被派到西南地区参与管理战犯，还乔装捣毁国民党残余特务组织，又立了新功。他一生充满传奇，但耿直的性格也令他在特殊的年代里遭受种种冲击，职位一降再降。但即使是在最恶劣的环境里，他仍旧忠心不改，尽责工作。直至最后被平反。他离休后老当益壮，仍在发光发热，撰写回忆文章，参与公益事业，传播革命历史火种。"

老红军的事迹令尚秀花十分感动，特别是前辈们在受到委屈的情况下仍初心不改，矢志不渝，更使尚秀花深受教育。

战友之间的良善，是温暖彼此最美好的慰藉。平时哪怕有再多的不如意和委屈，也都会随风而去。

部队要求颇严，战士不能随便外出。在这样寂寞、安静、枯燥、单调的环境里，读书和写作变成了很快乐的事情。艳阳临窗的美好时节，手捧一本书阅读，记忆往往最深刻，领悟更透彻，书卷中字里行间所透出的至情至理，极易顺理成章地与个人平凡生活中的点点滴滴契合起来。这段时间，尚秀花在工作之余，认真地读了很多书，有小说，也有不少政治、哲学、历史、自然科学方面的书籍。毛主席的《为人民服务》《纪念白求恩》和《反对自由主义》以及《毛泽东诗词》当时她都能背诵。尽管这许多经典属重读，或是多次复读，但总会有较之前次不同的收获。尚秀花沉默寡言，觉得自己仿佛一个人在孤独地前行，坚守在一片没有多少人在意的疆土。

1976年5月的一天，科长张友找尚秀花谈话说："根据工作需要，把你调到总后勤部新成立的南口轻武器研究所。这是一个师级单位，归总后军械部领导。那里急需打字员。"

尚秀花二话没说，立即打起背包到新单位报到。

过了好长一段时间，她才知晓自己先前从白城市选调到总后勤部司令部，以及这次调动，都是机要处胡英杰处长做出的决定。这位老领导平时不苟言笑，但心肠很好，内心一团火热，非常关心每位部属的健康成长。高文香家人口较多，有时粮食难免紧张，胡英杰便拿出一些面票给她，还找了个对方容易接受的"理由"："我老伴儿是四川人，爱吃大米，面票总富余下来。你们就拿去用吧！"

这次尚秀花调到南口轻武器研究所，也是胡英杰处长考虑到当时机关战士提干暂时被冻结，而轻武器研究所是总后勤部新成立的单位，急需干部，有可能不被冻结住，因此让尚秀花去，对这位农村姑娘、烈士妹妹各方面都更有利。

　　当尚秀花渐渐知晓了这些情况，心里充满对胡英杰处长等领导以及其他战友的感激之情。他们对自己的接纳、包容、教诲、提醒、支持和帮助，开导了自己，抬举了自己，成全了自己。即使个别变过脸、使过坏、失过信、使自己伤过心的人，也起到了清醒头脑、激发斗志、磨砺意志、提升境界的作用。尚秀花深知要走上坡路，就不要怕在低处。任何上坡路，都是从低处起步，从低处走向高处。登上山顶的人，并不是生来就在山顶，而是从山脚的低处，一步步走向高处，登上山顶的。她感到一路风和日丽，偶尔有些风雨，会使人生更加丰富多彩。

第10章

南口镇位于北京市北部的昌平，南距德胜门 38 公里，北距八达岭长城 18 公里，东距明十三陵 9 公里，因处关沟、居庸关南故名。它地域面积 201.7 平方公里，其中 64% 面积为山区，最高峰青水顶海拔 1239 米，林木绿化率较高，南口同八达岭、居庸关都是古代华北与塞外的交通要冲，是历代兵家必争之地，故全镇驻军较多。

尚秀花来到刚组建的总后勤部轻武器研究所时，极目远眺，一望无际，尽是光秃秃沙土地，一片荒芜，野草足足有一人多高。几间破烂不堪、难以居住的旧房子内，破铺板下垒着砖块，头前挨着一只破凳子，到处都乱七八糟的。

后勤保障人员只有从总后军械部调来的一名职工炊事员，给大家做最简单的饭菜。但同志们都保持着那个年代不计较条件、"越是艰险越向前"的精神状态，纷纷说："有基本的生活条件就可以了。未来完全靠我们自己去创造！"

想起报到前领导的谈话，尚秀花心中充满战胜困难、从头做起的信心。她认为自己到一个单位绝不应是坐等着享受清福，而是一定要干些实事，给部队的新建单位做出些贡献。

研究所的几位领导也是刚刚从几个单位抽调来的。女兵只有尚秀花和一名电话员。

最初只有一个简单的食堂，从总后军械部调来一名职工炊事员，需要大家轮流帮厨做饭。不少同志常常是饿了，能啃几口冷面包，喝几口凉水，就算是一顿"美餐"。难怪有人调侃："这才真正是最高级的研究所、最低级的工作条件。"

但从组建的第一天起，全体指战员就一直洋溢着革命的乐观主义精神。

尚秀花积极承担起出板报的任务，《战地快报》——一块立在大门口的黑板，刊登着所里一天内发生的新闻，迅速、短小、通俗易懂。

人员虽少，集合起来也会歌声起伏，大家最爱唱的是《没有共产党就没有新中国》和《我们走在大路上》。每当开会前，就有人喊："唱首歌！"一唱就来了劲头，荡气回肠的歌声穿越荒地上扬起的黄尘。

所长岳邦智是一名老红军。他虽然文化水平不高，但工作热情很高，精力十分充沛。每天早晨5点多钟，岳所长就大声喊大家起床，到河滩搬石头回来，垒所里营区的院墙。他说："同志们啊，这样我们既可以锻炼身体，又可以提高工作进度。"

岳所长政治敏感性很强，把所里各项活动都与强军强国联系起来，说是"要把失去的时间夺回来"！

有一天，岳所长把大家集合起来，望望四周，环手一指，笑着问："这一片荒地好不好？"

大家的视线都被吸引到莽莽荒地上。一个战士感叹："面积不小呀！"

另一个感叹："只可惜一座像样的楼房都没有……"

"不，同志们！"所长说，"我们这些人来了，这片荒地就有了新的生命！不信等着看，要不了多久，我们就会在这儿安家落户，盖起楼房，把荒地改造成现代化的研究、试验基地！"

干部战士们都振奋起来。

一位干部指着远处一望无际的荒地说："这地方一定能建成靶场，我将来申请到这儿管理靶场！"

一位知识分子模样的"眼镜"说："咱们脚下这片土地，将来一定会是一座高大的实验楼！"

……

研究方案的时候，大家的讨论就更深了一些，你一言，我一语，纷纷把看见过的、书上读到的，一并讲了出来。

"穷则思变"——毛泽东的名言无疑概括了一个普遍的真理。干部战士不满足、不甘心自己的单位是一张"白纸"，决心发扬我军光荣传统，谱写出艰苦创业的前奏曲。

一年很快过去了。研究所果然是"旧貌换新颜"。

进得营门，只见操场和车场开阔，各种形状的道路蜿蜒，周边绿树参天，花坛锦簇，院内因地制宜，因势造景，草坪青翠舒展，楼房建筑规范，整个布局合理，各项设备配套齐全……

每天早晨和晚上，都能看到营区里有一道风景：所领导迎着朝阳将家在四面八方的研究人员迎来，披着晚霞或月光星光将他们送走。

出操、研讨、球赛、劳动等集体活动，领导也处处站在队伍的最前头，仿佛一字雁阵的"领头雁"。

大家虽然性格爱好各异，志向却彼此相近，在工作中相互支持，互相"补台"，分工不分家。

在领导的言传身教下，研究所好人好事层出不穷，人人见贤思齐，努力上进，形成了团结互助的良好局面。

尚秀花调到研究所后不久，就因工作成绩突出，被提升为干部。

她提干不久，父母在老家就收到了一张汇款单，附件说明栏上尚秀花附了简短的几句话："爸、妈：你们好。也问爷爷、奶奶、弟弟、妹妹们好！我已经提干，发了第一个月的工资，现寄50元给你们。望保重身体，祝全家安康！"

当汇款单由生产队长转给父亲时，父亲脸上露出幸福的笑容。此事一度成为村里的热门新闻："尚家的闺女在北京某某部队提干了，吃公粮啦，还给家里汇款了！"许多乡亲都把这新闻当作教育自己儿女的样本。

每当尚秀花透过打字室的窗户，看见宽阔的操场上红旗招展，口号阵阵，一队队威武的士兵英姿飒爽，生机勃勃，每一位研究人员清澈的眼睛里都闪烁着青春的火花，像似火骄阳下撑起了一片绿荫，心中充满使不尽的力量。

1976年1月8日，仿佛晴天一声霹雳，周恩来总理不幸去世了。九天痛哭，举世哀思，苦雨淅沥声唏嘘；人们不晓得他留下来的空缺将怎样才能填补起来……

尚秀花默默地瞻仰着周总理的遗像，回想着这个难以用言辞说尽的伟人，一生鞠躬尽瘁，体现了中国普通人民的愿望，无限忠贞地把毕生精力献给壮丽的无产阶级革命事业，直到临终，还叮嘱要把自己的骨灰撒在祖国的江河土地上……不由得感受到一种强大的精神力量。7月6日，又一颗巨星陨落——朱德委员长与世长辞；尚秀花泪眼蒙眬，眼前白茫茫的一片……

9月9日，伟大领袖毛泽东主席未能瞑目地闭上了他足以洞察一切的眼睛……顿时天低云暗，举世皆悲；苦涩的泪水像两道扇形的水帘，漫过了尚秀花的双眼，眼前的讣告，变成一堆杂乱的线条……一个伟大的生命，带着崇高的使命来到世上，一辈子，非常清楚自己要做什么，怎么去做，认定目标，奉献自己的全部才智，无怨无悔。他非常清楚这是他生命的全部意义。毛主席啊，难道您真的就这样走了吗？真的永远地闭上了双眼？

研究所也像许多单位一样，设立了灵堂。在整个治丧活动中，全所指战员都倾注出自己的满腹真情。尚秀花等几人负责灵堂的布置。他们一连干了几个昼夜，饱含泪水，用一幅幅体现着庄严、凝重的黄缎子一针针、一线线地缝缀成宽大的挽幛，并亲手做出一朵朵白花，最后装点出一只最能寄托哀思的花篮摆放在毛主席灵前。

那段时间，尚秀花感到生活是如此沉重，心情是如此沉重，双肩上的责任是如此沉重，眼泪亦是如此沉重，一珠珠，一串串，从哥哥牺牲的那一天便开始流淌，缀成一曲不断线的长歌短歌！每次遇到困难的时候，他们的音容笑貌总会浮现在尚秀花眼前，让她豁然开朗，信心倍增。党的领袖们，以及哥哥及其战友，永远是她崇拜的良师益友。

在每个行路者的面前，无论有可见的路标，还是无可见的路标，所经之处，总是留有刻度与轨迹。不管你看见了没有，都可以这样说：路标考验人生。

从那一年开始，同志们都发现尚秀花学习马列主义、毛主席著作、党中央的文件更加自觉，工作也更加踏实。每天的日程都排得满满的——打字、开会、参观、讨论、交流。她是在用实际行动一点一滴地实践着领袖们的遗志和哥哥没有来得及完成的事业啊！

第 11 章

　　那是一个人与人能够真诚交往、相互关爱的时代，也是一个崇尚纯洁、追求真情的年代。

　　1976 年冬季的一天，总后勤部第一门诊部的医生郭德才对尚秀花说："小尚，咱们是河南密县老乡，现在又都在总后勤部，我还是跟你哥哥春法一个火车皮拉到 206 团的战友。你有空来我家一下，我老婆想见见你这个老乡，我也还有话跟你说。"

　　尚秀花随意地点了点头，回答了一句："你在总后大院，我在南口，有事你就通知我吧。我也早想去看看嫂子。"

　　就在那个周末，郭德才打电话给尚秀花说："小尚，明天是星期天，你来我家吧。我妈从老家来了。"

　　尚秀花"嗯"了一声，连身上穿的旧军装都没有换，就从南口乘公交车赶到总后大院。

　　在宿舍区筒子楼郭德才住的房间里，尚秀花见到了郭德才夫妻俩及其母亲，还见到一个并不相识的男干部。他身材中等，衣着非常简单朴素。

　　郭德才先对那男干部介绍说："这就是尚春法的妹妹尚秀花。"

　　接着又对尚秀花介绍说："这是你哥哥春法的战友郭旭恒。"

听说是哥哥的战友，尚秀花的行止陡然高了起来。她没顾上细看郭旭恒，径直问："你也是从河南入伍到206团的？"

郭旭恒笑着点头，答道："我比你哥哥的兵龄嫩一点，但老家离你们家很近，是河南南阳的。"

就这样，尚秀花与郭旭恒相识了。她这时才注意看了看这个新老乡，发现屋里虽然已经生了暖气，并不冷，这个人却似乎不知冷热，一直没有摘厚厚的绒棉帽。

尚秀花想笑，又没好意思笑。

郭德才见尚秀花与郭旭恒已经聊了起来，就悄没声地拉上妻子和母亲"转移"到另一间屋去了。

郭旭恒从衣兜里掏出一包牌子很大众化的烟，做了个"请"的动作，见尚秀花摆了摆手，遂接着说："你们女同志是不是都特烦抽烟吧？"

尚秀花发现郭旭恒在用一种亲切而善意的眼光注视着自己。她记得有位语言学家说过：乡音认同是心理上的"家园"。因而她感到很高兴，胸中荡漾起一股喜悦的波澜，遂回答："我说不上'特'，抽不抽烟是你的自由。"

郭旭恒似乎"解除"了压力，放心地点着烟，一边抽一边说："最近我看了一部电影《闪闪的红星》。"

尚秀花接茬道："那片子我也看过，挺感人的，有人还赞扬它是解放以来最好的电影之一。那里面的电影插曲一定能流传下去。"

郭旭恒点点头："我也这么看。电影里有一句台词挺有意思——'我胡汉三又回来了！'"

"嗯，"尚秀花似有同感地说，"现在不少地方都有人爱引用这句台词。"

"就是。"这回是郭旭恒有同感了，"就在咱们总后大院，最近也有一些人爱说'我胡汉三又回来了！'"

"那是他们有什么缘由吧？"尚秀花问。

"当然。"郭旭恒答，"有些同志一度受到一些不公正的待遇，难免有些情绪，大家都能理解，但这么说，把自己比作胡汉三，想报复一把，合适不合适？"

两人你一句我一句地闲聊，有些平时对一般人都不好说的内容也聊了出来，看法竟十分一致。

最后，尚秀花说了一句："我还要回南口呢。你留下跟郭医生他们再聊吧！"便告辞了。

路上，她有一搭无一搭地想：这郭德才也真有意思，只跟我说这个陌生人叫郭旭恒，他是做什么的，其他有什么情况，我都还一无所知呢。不过我跟这个郭旭恒，对许多问题看法都一致，也是挺不错的呀。

又一个星期天，尚秀花对家在总后大院的南口轻武器研究所医务室的老护士佟绍英说："麻烦你把总后大院一个叫郭旭恒的干部约到大院南门，我找他有一点儿事儿。"

这样，尚秀花和郭旭恒在总后大院南门的哨兵旁边又见了一面。佟绍英也热心地站在一边。尚秀花对郭旭恒简单地讲了几句话，便说："你走吧。"

郭旭恒离开后，佟绍英埋怨尚秀花："有你这么对人处事的吗？我帮你把人家约来了，你没说几句话，就把他打发走了。不过，你看这个人脾气多么好呀！"

与此同时，郭德才把介绍尚秀花和郭旭恒相识的事情对尚秀花的"闺蜜"高文香说了。

高文香找到自己较熟悉的总后管理局军需处的助理员翟充民，说："翟助理，你跟郭德才、郭旭恒都是管理局的，我想帮一个朋友了解一下，这个郭旭恒人究竟怎么样？"

翟充民说："你想了解郭旭恒？你问我是问对人了。这个郭旭恒我熟悉，人很好……"

高文香当即把电话打到南口，找到尚秀花，埋怨她："咱们不是好朋友吗？你遇到事为什么不在第一时间告诉我？"

尚秀花反问："你怎么知道的？"

高文香先实话实说了过程，又接着对尚秀花说："翟助理谈到郭旭恒，都是赞扬的好话。我也找机会看了一下这个人，挺朴实的。有机会你跟郭旭恒谈谈吧！你也该成个家了，毕竟年龄不算小了。"

尚秀花心中怦然一动。此前，她十分单纯，全部身心都投注到学习、工作中，从来没有想过与男同志交往的事情。这时她心想：自己对这个郭旭恒第一印象着实不错，感觉他正是自己心目中能够认同的那种小伙子。何况他还是哥哥206团的战友，老家就在距离自己家乡不远的河南南阳……

后来尚秀花渐渐了解到，郭旭恒出身贫农家庭，1949年春天出生在河南南阳的镇平县卢医乡郭岗村；1955年9月开始到郭岗村小学、卢医小学读书，1963年9月考进镇平县第五中学读书，1966年6月初中毕业后回乡务农；1968年2月入伍，先后在206团新兵三连当通信员、团部警通排战士；1968年5月就选调到总后勤部管理局，先后在汽车连当炊事员、饲养员、缝纫机修理工、车工、班长，后来又到管理局业余毛泽东思想宣传队和总后政治部业余毛泽东思想宣传队当队员。他进步很快，1969年10月就加入了中国共产党，1970年3月被选为总后管理局汽车修理所党支部委员；1970年11月提升为干部，先后在修理所、总后管理局队训处任会计，1973年9月被选送进解放军后勤高级专科学校学习，

1975年7月毕业后到总后勤部管理局队训处当参谋。

初次见面，最怕冷场。

在交谈中，尚秀花坦率地说："我可是从农村入伍的呀。我认为城市和农村各有其优越性。比如，生活在城市中的人大都有这样的感受：水、电、气万万断不得。哪怕是这三样中的任何一样出问题了，正常的生活节奏就会被打乱。而农村呢，对于水、电、气的依赖程度远不如城市，这些都不是问题：没有自来水，我们有井水；没有电，煤油灯可以代替；没有气，我们还有煤饼、柴火呢！因此，城市现代化程度的提高具有两面性：一方面，让我们的生活变得更舒适、更方便；另一方面，则让我们应对日常生活变故的能力急剧下降。应变能力的下降，对于人类生存能力而言，是一种退化。比如，不用自己做饭了，长此以往，会不会丢了厨艺？"

"我也是农村入伍的。"郭旭恒点点头，坦率又不乏幽默地侃侃而谈，"'舍南舍北皆春水，但见群鸥日日来'、'莫笑农家腊酒浑，丰年留客足鸡豚'、'开轩面场圃，把酒话桑麻'等诗句，如一幅幅水墨画，将乡村远离尘嚣的恬静淡雅描绘出来。然田园虽美好，可但凡读了书或有些能力的人为啥又要离去呢？原因之一，大概就是乡间的劳作终究是辛苦的——'锄禾日当午，汗滴禾下土'、'农家少闲月，五月人倍忙'，面向黄土背朝天的滋味不好受。我爹娘早就语重心长地对我说：'你也不小了，工作也有几年了，可以谈个女朋友了。'当时我就爽快地答应了爹娘：'你们二老放心，我一定很快就能带一个女朋友回家过年。我要找的首先要是一个'人'，其次要是一个'活人'，再次要是一个'女人'，第四要是一个'年岁相当的女人'，第五要是一个'从农村出来的女人'……我不否认自从我走出大山沟，便很少回去，即便回去，用母亲的话说，板凳没捂热就要走，现在已经是城里人了，已经不习惯住大山沟的土房子了。我曾经劝说父母到城里住，他们却说，这房子离不得人，人一走，房子就没魂了。但我执着地以自己出身农家、曾是农民而骄傲。的确，人能嫌弃自己的父母吗？当然不能！"

这些，都与尚秀花十分类似。因此两人谈得颇投缘，心中同时悄然萌发出爱情的种子。他俩都不认为能一见钟情。因为"钟情"其实是"一见"之后经过认真思索的确认。如果只有一见，而没有其后的六见、八见、十见乃至百见……情就始终无所黏附。于是你来我往，一回生二回熟，两人便走到了一起。

此刻窗外的鸟儿叽叽喳喳，天空蓝得透明，阳光和煦地照耀在窗玻璃上。

谈起河南农村的田野，他俩似乎颇多共同语言。

郭旭恒自幼农村生活的经历，对农村的深厚情感，此刻都若隐若现地慢慢浮现出来："农村生活多少年来一直影响着我。回想起来，我小时候农村没什么娱乐活动，田野就是我们的乐园，你可以去捉蜻蜓、逮蚂蚱、摘野花，挖土里没有收获干净的红薯、玩泥巴……"

这时候，农村对于尚秀花的意义又从一个日常生活中实实在在的背景，变成了一个审美对象。她说出的话同样不乏幽默："农村在我们日常生活中扮演了重要的角色。而一旦你把它视作一个审美对象，就会发现它可以带起你整个的生活。可以说是'纲举目张'。"

真是良缘佳偶，两人脸上都洋溢出无比喜悦的笑容。他们意气相投，一见如故，相互敞开心扉。

初次见面，郭旭恒留给尚秀花的印象是：貌不轩昂，语不惊人，不善交际，既沉默寡言，又颇有思想，不乏乐趣。

纯朴的尚秀花，渐渐占据了郭旭恒的整个身心，让他情绪激荡，心驰神往。

于是，两人开始"谈"了一段时间。他们一见而彼此思之，再见而相互慕之，三见而心有灵犀。

尚秀花感到：对方是一位十分优秀、十分值得信赖的人，身上有一种一下子说不太清楚的吸引力。他分明就是我要找的那个人嘛！

尚秀花发现郭旭恒办事很认真。

尚秀花爷爷病了，她买好火车票，准备回老家看爷爷。

送别之时，无疑是颇能刺激泪腺的。尚秀花出发前的那个晚上，和郭旭恒都穿着军装，到紫竹院公园转了转。

那是一个晴朗的夜空。天上万里无云，星光熠熠闪亮。清爽的风仿佛羽绒般轻柔地抚摸着人们的脸庞。两人沿林间小路随意走去，空气清新，连呼吸都舒畅了许多。

紫竹院是座开放式公园，也就是说，不像一般的收费公园，比如故宫、颐和园、北海、景山、天坛、中山公园等等，面积超大，亭台楼阁比比皆是，而是很有郊野风格，路径曲折，小桥流水，错落有致，颇有情调。

春季的京城，仿佛刚从冬眠中醒来，薄薄的雾霭中，街头光秃的树枝上隐隐约约地泛出了一层绿意。从东门进入紫竹院，一眼望去，石桥旁的垂柳已缀满了嫩绿的芽苞，粉红色的梅花开得正盛，一股春意迎面而来。

湖，平静得像个青涩的少女，没有浓妆艳抹，而是素颜朝天，沿岸树木大都还是墨绿色的，有的上面甚至挂着枯叶，那黄黄的芦草依然显示着被寒冷扫过的痕迹，远处的几座现代建筑模糊而高耸，默默地注视着湖面。

他俩沿着石砌的堤岸踏步而去。这个湖虽没有想象中那样宽阔宏大，待走近了，才觉得它不似江南园林的玲珑精致，倒显出一种大家气象。

尚秀花和郭旭恒并肩而行，沐浴着空气中弥漫的鲜花的芬芳，脚踏着路面斑驳的月光，边走边谈各自单位的工作，老家的情况，年轻人的理想……也同声哼唱着一首当时颇流行的革命歌曲。当时，郭旭恒连尚秀花的手都没有拉一拉。但尚秀花的心却怦怦乱跳。

最后，他俩到三里河附近吃了一餐便饭。那是一家饺子馆，店主人是一对来自乡下的中年夫妻，门面不大，铺面设计也很普通，或者说压根没怎么设计过，就是常见的那种路边店。吸引他俩驻足的，是店门口那一簇簇鲜花，很远便能闻到风中阵阵幽香。他俩既没有要酒，也没有点菜，总共七八两饺子，花了一块多钱。

尚秀花心想：男女间恋爱，女的要是找了个志同道合的男人，那日子真叫有滋有味。他能逗你开心，能激起你对世界的热爱。跟他相处，能看到生活绝不是索然无味，而是仿佛疲累时吃上一碗热乎乎的饺子，鲜美补人，<u>丝毫不觉得腻歪</u>。

郭旭恒骑摩托车送尚秀花去车站，很精准地留好提前量。

在北京火车站，郭旭恒对尚秀花说："我好长时间没回老家了。这次你既然回密县，也就顺路往南多走一段，到我家去看看吧！"

他觉得自己的根一直扎在南阳这片落满祖祖辈辈汗水的贫瘠土壤里，喜欢自己家乡无华朴实的风景。

尚秀花理解郭旭恒的用意：他是想就此机会，让女朋友跟自己的家人见见面。

这时节令已是暮春了。风没有了冬天的凛冽，也没有了春寒的凉意，雷电的狂暴还没有到来，呈现出一种安静、舒缓、平和的节奏，微微地吹在尚秀花脸上。

　　她乘火车回到家乡。离家乡最近的那个小火车站仍立在那里，守望着周围的田野。高大的槐树、杨柳依然环抱着小火车站。当年她就是带着美好的希望，从这个小小火车站离开家乡的。远处，火车时断时续地鸣叫着。那声音在空中飘散，在尚秀花的记忆里飘散，在她的梦境中飘散，她为之思绪飞扬，不由得想到在中国广袤的大地上，星罗棋布的小火车站是不会孤独的。许许多多景色不同的小火车站，就像自己家乡的这个火车站一样，在天南海北不同的地方，有着不同的故事，演绎不同的沧桑。

　　故乡，一切都那么熟悉，又仿佛有几分生疏。长辈们见了尚秀花特别高兴，仿佛要搜尽所有好吃的来犒劳她。中午做饭时，奶奶告诉尚秀花："屋后田野里又有野果了。"

　　"我去看看！"听了奶奶的话，尚秀花马上拔腿往山坡跑。

　　果然，在屋后 10 多米远的田边，生长着一丛丛野果，大多还是绿色的，像小小的青苹果，而向阳的部分已经红了，有些已经红透。她欣喜地摘下野果，跑到清澈的渠水里冲洗了一下，迫不及待地放入口中，哦，真甜！

　　回味着野果熟悉的味道，尚秀花似乎又回到了童年。那时春夏之交，尚秀花每天放学回家，丢下书包便会跑到屋后的田坡上去观察野果。那些野果似乎是她的知音，在温煦的和风中冲尚秀花点头微笑。

　　她在家乡——跟爷爷、奶奶、父亲、母亲唠嗑，向他们汇报了自己在部队的情况。

　　老人们都已经是高龄。年岁大了，对许多事都已淡忘、模糊了，有时刚刚跟他们说的一句话，才过一会儿，他们就忘了，很让尚秀花感到失落。

她知道要多和老人交流，这样可以延缓老人大脑的衰老。于是尚秀花就坐在几位老人的身边，跟他们说起话来。她想方设法地讲一些笑话，甚至高兴地讲自己小时候淘气惹他们生气，他们拿小扫帚打自己屁股的事，惹得老人们哈哈大笑。

尚秀花还利用难得的休假时间，常挽扶着老人到外面散散步。老人们精神好像立刻好多了。纷纷扔掉手上的拐杖，在熟悉的一小片地方里不停地走来走去，话好像一下子也多了起来，尽管刚刚说了一句话，可能又忘了，可他们兴致却很高。

尚秀花不由得感到，这里才是属于自己的家。

几天后，她又继续乘车南行。

镇平县位于河南省西南部，南阳盆地西北侧，伏牛山南麓，东距南阳市中心城区仅30公里。它古称涅阳，有着4000多年的玉雕历史，玉雕文化源远流长，博大精深，有"中华玉都"之称，是中华玉文化的发源地之一。金元时期的著名诗人元好问曾为镇平首任县令。它也是八路军名将彭雪枫将军的故里。

让尚秀花感到踏实的是，郭旭恒家是和自己家情况相仿的农家。

她感到乡村的一切都是美丽的，似乎树上的鸟雀也在叽叽喳喳地叫："乡村真美，乡村真美！"城市的生活固然令人向往，但乡村的生活远比城市更温暖，更和睦！尚秀花来到郭旭恒家的时候，村里的农民都纷纷下地了……田野上，勤劳的村民们头戴斗笠，有的弯腰挥镰，有的来来往往地运送着麦捆，有的背着洒药器在果林旁为果树喷洒农药，有的走到小渠边挖开水道，给自己的农田引水，还有的走到花生地里，拿起镰刀割杂草……拖拉机则在收获过的土地上来回不停地开动着，翻起层层泥浪。看着自己的植物茁壮成长，他们笑了，这是劳动的美……忙完了手中的活计，大家伙开心地笑了，整片土地都洋溢在一片笑声中。这是喜悦的美。尚秀花在田间小道上走，能感到足底有些绵软和暖意，真想脱下鞋袜赤脚走一回。

尚秀花哼着欢快的小曲跨进郭旭恒家乡的家门时，郭旭恒在家的亲人都起身走过来欢迎。前后左右的邻居婶子、大娘也都来看望。尚秀花告诉他们，郭旭恒在部队干得很好。他的亲人和乡亲们都很高兴。

得知尚秀花还没吃饭，郭旭恒的母亲转身进到厨房，卷起袖子就行动起来，张罗着包饺子、炸萝卜丝丸子。她打算做两个好菜犒劳儿子的女朋友，也用当地最高规格的欢迎礼节，包最小的、同后来一元钱硬币大小的饺子。尚秀花也自觉走进厨房灶边，动手在灶膛内用火柴点燃了稻草疙瘩。两人亲热地聊着家常话。

没过多久，她俩就把热腾腾的饭菜端出来摆在了堂屋桌上。尚秀花招呼其他亲人暂停聊天，趁热吃饭。郭旭恒的母亲还招呼一些邻里一块儿吃饭，很是热闹。

这一餐饭，尚秀花吃得格外香甜。看着她吃得津津有味，郭旭恒的父母都满意地笑了。

吃完饭已经是黄昏，郭旭恒家的长辈们又用眼睛跟尚秀花"交谈"，眼光里似乎流露出一个字——中！这姑娘不仅风华正茂，容貌姣好，而且举止端庄，知书达理，一看就知道是从小受有良好教养的女子。

尚秀花和郭旭恒之间的友谊自然而然地延伸及彼此的亲人。

这一天尚秀花过得比较忙，但她很愉悦。

尚秀花探亲后返回北京，家乡就成了她跟郭旭恒间最感兴趣的共同话题。

尚秀花一直认为：爱情，对生理和心理健康的男女来说，永远是自然而然的事情。一个女子对恋爱、婚姻应当严肃、认真，必须考虑到它对事业的促进和双方的幸福。这对她来说，是一种从未有过的人生体验。

1977 年 10 月，尚秀花与郭旭恒结婚时照片

1977 年 11 月，一切似乎水到渠成。于是他俩在一个星期六到民政部门领了结婚证，在亲友和同事的见证下，举办了简朴的婚礼——当天晚上在机关食堂买了一些酱肉、卤菜等，请来家在总后大院的翟充民，正在北京的舅舅、舅母，几个人小聚了一下，就算把喜事办了。

为此，一些亲友常感到歉疚。但尚秀花和郭旭恒自己却十分欣慰，经常对这些亲友说：其实类似的故事在现实生活中比比皆是，如一对同为列车乘务员的夫妇各自忙碌在两条线路上，只是在两列火车短暂同靠在某个站台时才得以见上一面；一位军队执勤干部过家门而不入，徒令思儿心切的父母隔路相望；一位航空地面服务部领导奔忙在运行高峰第一线，两个小时连口水都顾不上喝；至于各个服务行业舍小家顾大家的事例，更是不胜枚举……

尚秀花和郭旭恒入伍时都是战士，各自从基层调到到总后勤部机关，因为还都是青涩的小姑娘和小伙子，没有"家属"，对家属房的概念都不太明晰。那时候光棍一条，每人的全部"家当"是一个行李卷，加上一个装着牙具、几本书和笔记本的军用挎包。每天白日到办公室上班，晚上住集体宿舍。当时住房都是分配制，大家都巴望着分配到一处公房，可毕竟僧多粥少。

尚秀花和郭旭恒的"新房"在总后大院西侧几里地远的一个部队营院里，一座稍旧的集体宿舍筒子楼，4层楼梯口旁一间狭小的屋子。当时能在部队营区内有这么一个安身之地已是最好不过了。

搬家那天，熟悉的战友、朋友们几乎都去了。相关领导也帮助操办，要车出车，要人出人，那情那景，温暖至今。在部队营区内安了家，便有了一种归属感，更感觉自己是个不折不扣的"部队人"了。此后，无论走多远，无论工作累或不累，天气冷或不冷，都可以盼着下班回家。望见部队家属区的炊烟，就觉得那里有一个温暖的巢。

即使在那段全家挤在一间蜗居里的时光里，尚秀花也从来没有让生活失去乐趣。有时花几元钱买一枝被处理的小花插在花瓶里，然后说："小房子更容易被花香填满。"

结婚后，尚秀花和郭旭恒相濡以沫，互相影响，互相照顾。

当时爷爷、奶奶已经不幸逝世。为了让在乡下生活大半辈子的父亲、母亲开开眼界，那段时间他们分别把老人接来，专门抽时间陪老人们游览北京的故宫、颐和园、八达岭等著名景点，带老人们吃北京的风味小吃。

两人的共同特点是都爱学习。每天的中央电视台新闻他们必看，还坚持做笔记。现在已记录了一二百本。

两人都认为凡是一起工作过的同事都是好人，但行好事，莫问前程；帮助过自己的人更不能忘，要知恩感恩。他俩对两个家庭来京的客人，都平等相待，视为家人。郭旭恒听说家乡闹灾的极度困难时期，童年时代的尚秀花曾经被迫跟着爷爷尚长林外出乞讨，在河南上蔡县遇到一家好人，对他们爷俩有过救济，尚秀花还认了那家的男主人为"干爹"……便主动对尚秀花说："你干爹一家在困难时期帮助过咱们，现在咱们都成了军队干部，就请干爹一家来北京看一看，住一段时间吧。"

当时尚秀花的工作岗位依然在南口轻武器研究所，要乘坐班车往返。郭旭恒是总后管理局运输处的助理员。因单位就在总后大院，照顾家还比较方便。

但没过多久，郭旭恒的工作岗位便发生变化。总后管理局办公室需要一位秘书，一些领导看郭旭恒起草文件认真，字写得也好，对后勤的各种专业如后勤管理、汽车运输、政治教育、人才培养等都注意学习，颇得大家好评，便打算调他去。

最初，郭旭恒担心自己干不好，也顾虑调去后会影响照顾家里，不是很想去。尚秀花得知后对他说："领导决定了你就放心地去吧，到新岗位锻炼自己，家里的事儿有我。"

从此，小家庭有规律的生活一去不复返。夫妻双方都是以革命为己任，都是把工作需要看成至高无上，把有所作为看成是人生的最高境界的人。因而属于他们自己的时间，便实在是太少了。那个年月，部队的干部都没有多少钱，尚秀花精打细算，却又让日子过得蛮体面。他们的日常生活都力求从简——两个人时只做一个菜，偶尔加一份汤，如果是只有一个人时，干脆连火也懒得开了。方便面无疑在此时扮演着重要的角色，虽然很多时候他们压根就不喜欢它，可又是最频繁吃它的人，加点咸菜就着吃，方便又有味。

当时总后管理局共有局长、政委、副局长、副政委、顾问等11位领导，而首长秘书就郭旭恒和一位1949年入伍的萧玉栋两人，每位首长的事情都要认真兼顾到。他每天早晨7点从总后大院西侧几里地远的那个部队营院里出来，一直忙到机关里的人都下班了，才能拖着疲惫的脚步回到家里。同志们都说他是个"工作狂"。

一天下午，已经5点多了，王宪局长突然说因有急事，第二天要开一个全局大会，亟须准备好讲话稿。郭旭恒立刻放下准备回家用的手提包，改在办公室加班，和后来调进的秘书翟充民利用一个晚上的时间，写出讲话稿，第二天一早上班时将材料交出，保障了管理局大会的顺利召开。

　　不久，尚秀花和郭旭恒有了孩子。尚秀花的工作单位远在南口，郭旭恒一天到晚要"钉"在机关，有时还要跟领导出差，困难陡然增多。已任管理局办公室副主任的萧玉栋是一位体恤下情的好领导。他主动通过总后政治部干部部与位置在总后大院西侧几里地的总后军医学校联系，把尚秀花调到总后军医学校训练部当打字员。

　　郭旭恒主动对尚秀花说："听说你有一个老姨需要有人供养，咱们就把她接来家里吧。她能帮你做些家务，咱们也能给她养老送终……"

　　这段时间，尚秀花的爷爷、奶奶相继病故。母亲吃饭不好，做胃镜一查是患了胃癌。尚秀花和郭旭恒赶紧把她接到北京，到擅长治疗癌症的307医院一开刀，已经是癌症晚期。于是，尚秀花赶紧把父亲也请到北京。

　　那些天的晚上，郭旭恒一直趴在岳母的病床边照顾，让尚秀花母女十分感动。

　　部队医院对军属虽然有些照顾，但尚秀花的母亲住院治疗，还是花了一百多元。

　　当时郭旭恒和尚秀花的小家庭经济确实困难。郭旭恒发现尚秀花很能勤俭持家，有困难都是自己设法克服。她结婚后便主动学习做饭，包括自己发面、蒸馒头、炒菜，来往亲属、客人都是自己在家接待，大大减少了经费开支。

艰苦奋斗，勤俭节约，可以说是他们那代人坚定而顽强的观念。尚秀花幼时读唐诗"锄禾日当午，汗滴禾下土。谁知盘中餐，粒粒皆辛苦"，便牢记住了农民的劳作与艰辛。她从少年时代开始便经常参加田间、家中的劳动，各种农活儿都是亲历，知道自己吃的、用的均"来之不易"，每遇浪费现象，内心辄厌恶之。她知道人生在世，是大地养育了自己，因而应当感恩大地生长的一切，太阳、空气、田野、森林和海洋……还有无数劳动者的艰辛。暴殄天物就是犯罪。

在尚秀花因病住院做手术期间，她请姨从家乡来家里帮忙照看孩子。姨的年龄大了，行动不方便，郭旭恒将她视为母亲侍奉，姨非常感动。她只有一个女儿，她自己也年过花甲，因所在的工厂倒闭，很早就退休了，退休金少得可怜。尚秀花认为自己的经济条件好些，便对姨的生活，从经济等多方面均给予帮助。

尚秀花很支持郭旭恒的工作。郭旭恒从运输处调到办公室工作了一段时间，因成绩突出，又被选调到洪学智部长办公室任秘书。最初他有些胆怯，怕干不好。尚秀花便鼓励他："军人以服从命令为天职！"让他去掉后顾之忧，不为家务事费心，愉快接受组织决定。

让尚秀花和郭旭恒感动的是，洪学智、张文夫妇十分关心部属的工作与生活。这年春节的大年初一，尚秀花和郭旭恒正在家里准备过节的东西，洪学智、张文夫妇突然来到总后勤部机关基层干部所住的筒子楼。

张文见到从未谋过面的尚秀花，和蔼地笑着问郭旭恒："郭秘书，这是你的老大？"——她把年轻的还梳着两条小辫的尚秀花当成大孩子了。

郭旭恒摇摇头，连忙解释："张阿姨，这就是郭雅的妈。"——

尚秀花和郭旭恒的女儿郭雅跟洪学智、张文孙子是幼儿园的同学，张文曾经见到过她。

洪学智听到他们的这段对话也开心地笑了，像下连队常爱首先到炊事班看看一样，径直来到尚秀花和郭旭恒家的厨房，掀开锅盖儿看了看，问："你们这是在泡豆芽呢啊？"

尚秀花和郭旭恒都感到，这个春节过得最有味道。

第12章

在总后军医学校训练部，尚秀花先是当打字员，1980 年 10 月又被提升为参谋，分管教学用的器材、文具。

1983 年的一天，尚秀花翻开《解放军报》，看到一篇文章，介绍的是烈士蔡永祥的弟弟蔡永红继承哥哥遗志的故事：

> 1983 年，蔡永红来到武警杭州市支队三中队，成了一名光荣的武警战士。

> 中队坐落在美丽的月轮山下，这里毗邻钱塘江，对望六和塔，四周绿树成荫，风景怡人。初入警营的蔡永红，心情和风景一样美好。作为英雄的弟弟，头顶荣誉光环的他似乎比别人更受关注和照顾，新兵连训练一结束，他便被分到了二排四班，这是蔡永祥生前所在的班。

> 就在推门踏进四班的一刹那，他平生第一次看到了哥哥生前睡过的床铺。这是一张多么普通的木床啊。最普通不过的松木木料，上世纪五六十年代的老款式，周身刷着绿色的漆，四角还有用来加固的斜钉着的木条。然而，岁月的沧桑并未让英雄的精神远去，在三中队，

这张床象征着很高的荣耀。中队有个不成文的传统，只有全中队最优秀的班长才能睡在这张床上。蔡永红心想，这张床的魅力究竟在哪里呢？是因为哥哥睡过它，还是英雄的忠魂激励着后人呢？

他做梦也没想到，为了能睡在哥哥的床铺上，他日后付出了多少眼泪和汗水。

英雄是实打实拼出来的。新兵下连第一次考核他就吃了"瘪"，射击考核只有29环，不及格；单杠一练习离8个及格的标准，还差3个。他自幼体质差，但这并不能成为一个理所当然的借口。大家反而用更加苛刻的尺子，丈量着他的表现。路到底怎么走？他在痛苦中反复自问。

又是一个中午，他不知不觉来到哥哥牺牲的地方，脚下是一个个黝黑粗壮的道钉，一颗、两颗……他开始数起来。他心想，这一颗颗小小的道钉，承载了多少压力和重量，又经受了多少的岁月风霜，而它始终不卑不亢，坚守着责任和梦想。也就是从那一刻起，他喜欢上了这个铁疙瘩，他猜想哥哥当年肯定也数过道钉。

哥哥牺牲时他还不满两周岁。他最早是从小学的语文课本中的插画里认识哥哥的，后来读到家里留存的哥哥的一封信："我在部队，一定努力学习毛主席著作，全心全意为人民服务，当好一个兵……"

作为一名守护大桥的铁路卫士，当一个好兵就该像铁路道钉一样。哥哥不正像一颗平凡的道钉吗？

他鼻子一酸，泪水沿着鼻梁缓缓而下，一滴泪水流到嘴里，苦涩的味道让他明白了作为英雄弟弟的压力和责任。哥哥用牺牲生命的壮举保护了人民群众生命财产的安全，我又怎么能输给面前这小小的困难呢？他心中渐渐明朗起来。

次日，他制定了一份给自己加码的训练计划。从此，无论是大雨滂沱还是北风呼啸，他坚持训练雷打不动。每当累了想放弃的时候，他就来到铁路大桥上数一数道钉，他就会想起哥哥，感觉哥哥正看着自己。

半年后，他在支队军事考核中取得所有科目优秀的好成绩，在500多名同年兵中名列第五名。努力终有回报，一年后，他终于如愿当上了哥哥曾经所在的四班班长。那晚，躺在哥哥睡过的床上，他辗转难眠，蒙眬中竟然梦见哥哥在教他军体拳。

如同水中企鹅上岸，要先向下深深地"沉潜"，然后猛地向上冲，跃出水面，在他军旅生涯的"沉潜"过程中也曾陷入过迷茫和郁闷。

那是他任指导员的第4年，已满提升年限的他连续两次干部调整榜上无名。论勤奋，他11年没休过假；论功劳，他获得过的荣誉有一打厚。失望如当头一棍，把他打蒙了。

当晚，他再次躺在哥哥生前睡过的床上，思绪如五味杂陈。真是日有所思，夜有所梦。梦中，不知道为什么，哥哥用一条鞭子狠狠抽了自己一下，他感到抽到了骨子里，真是好痛啊。他一个激灵，醒了，坐在床沿上，再也睡不着。哥哥当年要是看重提职、升迁，他还会有惊人壮举吗？曾经默默立下誓言要像哥哥那样牺牲一切，如今却为一己之私撂挑子，还有什么脸面向哥哥倒苦水？……

尚秀花的心又一次被深深触动——自己是烈士的妹妹，怎么能不像李文忠的弟弟李文红、蔡永祥的弟弟蔡永红一样严格要求自己，奋发努力地学习、工作，做出新的成绩呢？

尚秀花入伍时的文化程度仅仅是初中，她虽然在实践中学到了很多书本上学不到的东西。但初中文化程度在军事院校，显然是大大不够用的。尚秀花心想：今后的社会，没有知识一定会被淘汰。于是到总后军医学校以后，她始终坚持了自学。

尚秀花深知自己的弱项。为了让未来的自己从容上阵，她在训练部一边工作，一边用工余时间抓紧学习跟工作有关的药学专业。学校里有个小树林比较安静，尚秀花就常搬个小板凳去那里自习。结果，她用两年时间取得了总后医学高等专科学校的中专毕业证书。

学习能改变人的命运。1988年11月，由于工作需要，尚秀花被调到总后勤部管理局卫生处担任了助理员。

那是一个社会上许多人都在努力学习的年代。总后勤部机关为了支持机关干部参加自学高考，专门在位于北京房山区的装备研究院举办了读书班。

尚秀花得知后心又动了。她对郭旭恒说了自己的愿望。

"你不能去呀。"这次郭旭恒投了"反对票"，"你看，我在洪部长这儿工作，时间上没个点儿，实在顾不上家。"

尚秀花想了想，自己对自己说："也是。"

于是，她不再吵吵要报名去远在房山的装备研究院参加读书班了，而是自己一个人在家里一门功课一门功课地"啃"。条件具备时也去国防大学和中央党校听一听辅导课。

当年的自学高考，满足了许多人对知识的渴求。那时尚秀花和许多人一样，也意识到自己基础薄弱，必须"恶补"。她一心抓紧时间，想把前些年落下的知识补回来。

命运没有辜负奋发努力的人。尚秀花通过3年多的刻苦学习，终于在北京市教育委员会与中国人民大学合办的"党政干部专业基础科自学考试"中合格毕业，取得了大专文凭。

此后，她又经过3年多的刻苦学习，在中共中央党校参加函授"领导干部经济管理"专业的学习，并经考试合格，取得大学本科文凭；还通过第二军医大学"卫生事业管理专业"的函授学习，毕业并取得另一个本科学历。

尚秀花心中的喜悦是难以比拟的。越剧《红楼梦》中林黛玉的唱词"与诗书做了闺中伴，与笔墨结成骨肉亲"。此刻在她听来颇有同感。

日子一天天过着，一天又一天，一年又一年。由于尚秀花工作、学习都成绩突出，1993年和1995年两次被评为全军保健先进个人，1994年又被记了三等功。

这一年，管理局卫生处的处长提升到304医院当院长，卫生处有一段时间没有处长。尚秀花对其他几位老助理员说："现在我们处里没有处长，我们大家更要各自做好自己负责的工作，水平一定一点也不能降低。"

正逢时任北京市副市长的何鲁丽同志来总后勤部大院检查卫生工作。她把全院的各个角落都转遍了，没有发现一只苍蝇，十分高兴地称赞："你们负责全军卫生工作的领导机关，自身首先过得硬！"

正是这份沉甸甸的责任感，使尚秀花上班就是上班，尽管家务负担重，但到了单位，从来没有婆婆妈妈七七八八唠家长里短，一个纯粹的知识女性形象。她自嘲"有好日子不会过"，对用打牌、下棋、打麻将等打发空闲时间统统没有兴趣，觉得那简直是活受罪。

人们发现不常看电视的她，却不愿意放过军事题材的电影和电视剧。渐渐地，人们才明白，某种英雄情结固然已在她的生命中沉潜，而内心深处对于某一个声音固执的期待，才是她的人生常态。

即便再忙再累，每天晚上尚秀花都会打开电脑，敲起键盘，使文字像山泉一样静静流淌，用心记录一天的工作、感受和思考。

1997年，尚秀花正团职满3年了。能不能提升职务，按照规定必须要经过民主测评。在管理局的几次全体投票中，尚秀花都名列前茅。因此她顺理成章地被提升为副师职。

有一天，尚秀花突然接到一个电话，对方刚刚说了一个"喂"字，尚秀花就感到那声音似曾熟悉。对方在电话那端仿佛怔了一下说："是尚秀花同志吗？"

尚秀花答："是呀。"此时她听出来了，对方是自己调到北京后就没有再联系过的凌解放。

尚秀花连忙说："解放老师，是您吗？您在哪里？"

凌解放在电话那端说："我是在南阳老家给你打电话。"

"解放老师，您是从东北回南阳了吗？我说怎么在白城办事处联系不上您了呢？别客气，有什么事需要我，您就说。"

凌解放这才谈到，他最近由于一部电视剧的事情要到北京，听说尚秀花及其先生郭旭恒都在总后勤部工作，辗转从206团的战友那里找到电话号码，试探着打来。

于是，尚秀花和郭旭恒帮凌解放联系了总后勤部第一招待所住下。尚秀花到火车站去接。凌解放将自己的几部著作都送给尚秀花和郭旭恒。

1998 年 7 月，尚秀花（右一）和丈夫郭旭恒（左一）和凌解放（中）

阔别多年，再次相逢，几个人热情叙旧。尚秀花是凌解放看着入伍并在部队一天天成长的，郭旭恒和凌解放是南阳老乡，又是一个火车皮拉到部队的战友，他们聊起来自然话题颇多。

二月河经过基层锻炼，在 206 团因从事新闻报道成绩显著而名声大振。1978 年，33 岁的二月河转业回到中共南阳市委宣传部当了一名干事。

二月河 40 岁才开始文学创作。他的突出成就是创作清代"帝王系列"历史小说。1984 年起着手撰写《康熙大帝》，历时 4 年完成全书 4 卷共 160 余万字。紧接着，二月河又创作了《雍正皇帝》3 卷共 140 余万字。

尚秀花和郭旭恒都衷心祝愿二月河为继续弘扬中国民族传统文化做出更大贡献。

1993 年，由于工作需要，郭旭恒被调到位于上海的第二军医大学（现海军军医大学）担任副校长。

尚秀花和郭旭恒的小家庭成了名副其实的两地分居。四季轮回，日子密密细细，夫妻俩虽然不能天天见面，但互相思念，彼此牵挂。只是尚秀花既要做好本职工作，又要顾家、顾孩子，负担显然更重了。

她顾家也像做工作一样认真。从成家伊始，尚秀花就一丝不苟地学习做饭，经常向单位的女同事和机关食堂的师傅们请教。每年冬天一上冻，她就将一棵大白菜剥得只剩菜心，然后将这个菜疙瘩种在小花盆里，慢慢花心中间就伸出一棵绿色的苔茎，因有根部的养料，它长得很快，到春节期间就变成一尺多高的有很多叶片的主茎了，茎上还长出一簇一簇的花蕾。在阳光照射下，这些花蕾纷纷开出四瓣的金黄色小花，贴近一闻，还有一股特殊的香味。屋里呈现的生机，和屋外单调的冬天形成鲜明对比。人们每次到这里，总爱围着这盆白菜花仔细看，它在人们的心里有了春天的象征——春天就要来了，万物就要复苏了。

组织上为了照顾尚秀花和郭旭恒的实际困难，计划把尚秀花的工作岗位也调到第二军医大学。

然而，面临的问题是第二军医大学没有副师职的工作岗位。

领导试探地问尚秀花："二医大只有一个能安排调进干部的岗位——附属长海医院医教部的副主任。可这是个正团级的职务。秀花同志，你看……"

这位领导满以为尚秀花会提出一些问题，没想到她十分爽快地说："我没有什么意见。其实，我原先根本没想到自己从一个农村女孩子成长为一名解放军的师级干部。我哥哥尚春法为了人民的事业，年纪轻轻就牺牲了生命，比起他们这些革命烈士，我们还有什么个人利益可提呢？"

第13章

尚秀花又一次想起了哥哥尚春法。

她每当遇到一些问题的时候，都会情不自禁地想起烈士哥哥。

哥哥对她一生的影响实在是太大了。

这次工作岗位变换之际，尚秀花还有一个深埋在心头多年的情结越来越突显了出来，这就是一定要去看一看哥哥！

其实，早在哥哥在战备施工中为抢救战友英勇牺牲的时候，她和父母、弟弟、妹妹等就想去哥哥下葬的地方祭拜，但由于各种原因，这么多年来一直没能如愿。

先是经济条件不允许。

哥哥被葬在牺牲所在地辽宁省凌源县。那里距离家乡有上千里，因为家境贫困没有路费，她和父母、弟弟、妹妹等未能如愿。

后来，尚秀花继承哥哥的遗志，参军入伍。她想到最多的就是如何像哥哥那样好好工作，做出成绩，告慰哥哥的在天之灵。因而把时间和精力都投注到工作上，一个环节套一个环节，竟一次一次地拖了下来。

这次工作岗位变换，总算能抽出一点整块的时间了。尚秀花把自己的想法告诉时任第二军医大学副校长的丈夫郭旭恒，郭旭恒听后十分支持，表示待学校放假，他将利用休假时间陪同尚秀花一起祭奠尚春法哥哥。郭旭恒的态度使尚秀花非常感动。

于是，尚秀花和郭旭恒从北京先乘火车来到距离辽宁省凌源县较近的河北省承德市，然后又通过认识不久的朋友杨凤志，在他的协助下搭上一辆地方上的汽车。

驾驶员是位当地的中年男子。他看了尚秀花和郭旭恒一眼，又看看他们携带的祭祀用品，没说什么，只是弯了弯嘴角微微一笑。

凌源地处辽宁省西部，隶属朝阳市，北与内蒙古自治区宁城县毗邻；西、西南与河北省平泉市、宽城满族自治县接壤；南与河北省秦皇岛市青龙满族自治县相连；东与喀喇沁左翼蒙古族自治县搭界。

凌源地处辽西低山与丘陵地形区的中部，境内广布低山丘陵，与河谷盆地相间排列，具有平行岭谷地貌特征。地势由西向东倾斜，中部略呈隆起。全境平均海拔552.1米。气温比北京与中原地区都略低一些。

路是粗糙的柏油路，路两旁栽种着的两排白杨树，阔大的叶子拍响着海浪般的哗哗声。汽车飞驰，很快就将山野、白杨树和柏油路都甩在了后面。

抵达凌源县城后，尚秀花和郭旭恒顾不上四处看看，直奔县民政局管辖下的烈士陵园。

世界上有些地方，是特别能触发人们的感慨和思索的。陵园、坟墓、碑石……似乎就是其中之一。

尚秀花晓得，人不能不死。犹如欢乐和苦恼是人生永恒的主题，生和死，也一直随着人类社会的存在而延续。只是她懂得，对作为高级动物的人来说，还有比个人的生死更宝贵的东西，这就是理想和信念。

橙红色的落日，就要从陵园里松柏树的梢顶划下了。习习晚风，使尚秀花和郭旭恒感到寒意袭人。西边天际的晚霞似乎红得十分特别，犹如一团团血污。远处白杨树的叶子，被晚霞映照得火红火红的，似乎树尖上的每一片叶子都有火苗在燃烧……鸟鸣、虫吟都渐渐微弱，有时断断续续，仿佛是快要断气儿的人扯着一条细丝般的声线，听了使人阵阵凄怆。

陵园里静悄悄的。她感到心里堵得慌，有一种重压，使她的心跟着层层下坠。

尚秀花想起长眠在这里的哥哥和其他烈士，也想起虽然没有埋在这里，但也同样为革命壮烈捐躯的那些烈士……唉！一到这时，她的眼睛似乎就开始发涩，接着流出滚烫的泪水。

哥哥的墓碑和其他一些烈士的墓碑一样，都是水泥制作的。墓碑正面写着"尚春法烈士之墓"，背面记述着他简短的生平和事迹。

尚秀花在墓碑前面举行了祭奠扫墓仪式，摆上一束鲜花、一

1998年7月，尚秀花（左一）和丈夫郭旭恒（右一），祭奠哥哥尚春法

些祭品和郭旭恒用毛笔写的一副挽联："永远怀念敬爱的尚春法哥哥"。

再点燃鞭炮，噼噼啪啪的鞭炮声声告慰哥哥告慰为新中国献身的烈士们，你们的付出永远受到人们的尊敬，我们要努力做好工作，为国家为军队的强大而努力。

在扫墓结束的时候，她拨通了家乡亲人的电话，让他们在远方也跟尚春法说几句话。尚秀花相信九泉之下的烈士哥哥也会看到、听到，也会感到欣慰。

尚秀花想象得到，哥哥一定会说：

秀花，我看到了，也听到了！你那脚踏在地上的声音，我从童年时就开始听着，一直听到你长大成人。我多想对你和父母、亲人们说，我作为一个军人，没有给你们丢脸。我相信你会像我一样，也穿上了绿色的军装。可惜我不能为父母尽孝，只能望着你无言。秀花，你的哭声是那样悲伤，我明白你嫌自己来得太晚。我理解你，你是代替哥哥我在军营里继续战斗。我和你都做出了无悔的奉献。你感受到了什么，秀花？我不求再有什么额外的照料，一声"烈士"已经足够，我只求今后，我的亲人们，还能够再来抚摸我的墓碑，还能让我再听到你们的步履声。

为了使家乡的亲人能经常看望、祭拜哥哥尚春法，没过多久，尚秀花在回家乡看望嫂子王春花时，就出资委托她找亲戚帮忙，把哥哥尚春法的遗骨移葬回家乡。

尚秀花决心在今后的日子里，更好地继承哥哥的遗志，在新的工作岗位上做好工作。做出新成绩。

第14章

1998年9月，尚秀花打点行装，意气风发地从北京来到上海。

上海是中国最大的城市，也是远东第一大城市。它自"开埠"之后，逐渐成为了中国的经济中心，同时造成了艺术中心的转移，形成了所谓的"海派"。这一点从一些建筑物上就能看出来。最为明显的是外滩，黄浦江西岸的一幢幢西洋建筑透出浓浓的异国风情。这里是远近闻名的万国建筑群，据说许多外国友人来到这里，都会倍感亲切，一种仿佛置身于欧洲的感觉。每逢重大节庆，外滩南京路上总是一片红色的海洋。

夜色中的外滩更是迷人：浦江两岸霓虹璀璨，映照在江面上，江面上顿时呈现出波光粼粼、五彩缤纷的景象，简直美轮美奂。浦江东岸的现代化建筑，东方明珠电视塔高高地耸立在夜空中，就像一颗颗由珍珠串联起来的明珠宝塔，在夜空中闪闪发光。

"呜、呜……"远处江面上传来阵阵轮船的汽笛声，那么悠扬和美妙，仿佛正在演奏着"浦东之歌"。外滩海关大楼的钟声又敲响了："当当当……"听起来显得悠远、沧桑，仿佛在诉说百年上海的历史。

过去，尚秀花和每个中国人一样，都是把上海看作是我们国家最先进的地方。作为一个女性，尚秀花更多地是从日用品上了解上海的——她从小就知道，包装盒上如果标明"上海出品"，这就是世界上最好的东西。无论什么东西都是上海的最好，上海牌手表非常出名，上海的自行车、收音机样样都特棒。上海服装、上海发型都是全国领先，而且知道上海对我国国民经济的贡献是巨大的，又知道上海是中国共产党诞生的地方，所以，使得她对上海更加崇拜了。

第二军医大学坐落在杨浦区翔殷路上。它创建于1949年9月，当时称华东军区人民医学院，主要由华东医务干部学校、第三野战军卫生部医学院、国民党原国防医学院部分留大陆人员和从地方招聘的专家教授组成。1950年10月，更名为上海军医大学。1951年7月9日，由中央军委正式命名为中国人民解放军第二军医大学。它是国家"211工程"、军队"2110工程"和原总后勤部"530工程"重点建设院校，首批国家"双一流"世界一流学科建设高校，军队研究生培养重点建设院校，是军队3所设置研究生院的单位之一，是全国首批博士、硕士学位授予单位和首批开办8年制医学教育的高校，入选教育部"卓越医生教育培养计划"、国家建设高水平大学公派研究生项目、国家生命科学与技术人才培养基地、外军医学留学生培养基地。学校设有训练部、政治部、校务部、科研部、研究生院5个部院机关，下辖基础医学部、海洋军事医学院、药学院、卫生勤务学系、护理学院、心理与精神卫生学系、热带医学与公共卫生学系、中医系、外训系、继续教育学院、研究生管理大队、上海长海医院、上海长征医院、东方肝胆外科医院等。

尚秀花一进校园，就见到一队朝气蓬勃的学员唱着歌子迎面走来。

遥望吴淞口的船影

倾听黄浦江的涛声

繁花绿叶拥抱着校园

医学战线桃李满军营

求实创新严谨献身

多彩的理想照亮一生

这里青春开花的地方

奉献中有我们锦绣前程

军旗在彩霞里飘动

陈毅元帅书写光辉校名

前辈用心血培育了我们

我们高高托起医学彩虹

救死扶伤服务军民

戎装披雪继续长征

我们和军校展翅同飞

跟着祖国太阳一起上升

我们和军校展翅同飞

跟着祖国太阳一起上升

　　尚秀花发现这是一座极其规范的军营。校园占地颇广，各类设施齐全，不但有许多栋庄重林立的教学楼和宿舍楼，还有标准的田径场、体育馆、大礼堂、大会议厅、周全的服务设施，以及宽阔的花园、郁郁葱葱的绿地、纵横的林荫大道，松树、柏树、柳树、梧桐树、杨树……绿叶如云，到处是花草芬芳，曲径通幽，显得生机勃勃。各种各样大小车辆，人来人往，欢声笑语不绝于耳，处处呈现着蓬勃生机和文明气息……

她开始将校园当作自己的家，第二军医大学里的一草一木，那些曾经发生过的故事，都开始融进她的血液之中。

来到上海，自然就要了解上海。尚秀花逐渐熟知：100年前的3月17号，一艘邮轮载着第一批留法勤工俭学学生是在上海扬帆起航，远赴法国勤工俭学，拉开了留法勤工俭学运动的大幕。此后，一共1700多位有志青年，都是从黄浦江出发前往法国。在中共四大的时候，全国中共党员中有20%参加过留法勤工俭学。抗日战争对上海城市品格形成具有重要作用。上海在1931—1937年全面抗战爆发前是中国的抗日救亡的初起。《义勇军进行曲》就诞生在上海。"九一八"事变以后，上海建立了大量的义勇军，在当时的北火车站，每天都有很多上海人到东北去抗击侵略者。抗日战争全面爆发以后，"八一三"淞沪会战是整个"二战"当中第一场100万人以上的会战。上海被日军占领以后，京剧大师周信芳在租界的几个戏院每天都加场演出，鼓动大家抗日。梅兰芳蓄须明志，不为日本人唱戏，靠卖字画维持一大家子生计。上海人非常踊跃地去买他的作品，以这样的行动支持。虽然人们常说江南温柔乡，但这些故事表明，其实国难当头的时候上海人是很有血性的。经历了100多年的人口积聚和中西文化的交融，生活在上海的人们逐渐形成特定的行为方式：处事精明、讲究实惠、重视规范、行动敏捷等等。上海在1843年开埠以前人口才一二十万，到1949年已经达到546万，如今更是多达2400万。那么多人口主要是外来移民。城市人口规模越大，人们互动交流的机会就越多，创造与创新的能力也越强，人口集聚必然带来行业竞争，行业竞争必然会导致分工细化，分工细化必然会刺激技术创新，技术创新必然推动技术进步，技术进步的结果势必增强城市对于人口的吸引力，从而推动城市跃上新一轮集聚、竞争、分工、创新、进步的循环。

城市的集聚功能还体现为人才集聚。除了普通人在城市里成长为杰出人才，还有一种情况是，人才受到上海城市的吸引而来，于是有了更好的发展舞台，更高的起点，来到上海后有了更优秀的发展。不同文化和文明在这里得以自然地相遇交会，互相借鉴。

在上海期间，尚秀花深深感受到这个城市寸土寸金的魅力。很多大楼的设计都很巧妙，为了能在有限的空间建造更多的房子，有些建筑的楼层里分割出来的一个个空间，仅能满足人们基本的生存需求。

尚秀花上班时，医教部已经腾出一间房子当副主任办公室。医教部的领导和同事们都热情地欢迎尚秀花到职。

让她感到不满足的是，自己一时没有什么"具体工作"可做。

让她引以为戒的是，耳边时常听到一些议论：

"医教部的领导班子里又来了个人，是干啥的？"

"听说是学校郭副校长的夫人。"

"郭副校长的夫人，到我们这儿能干啥？"

"她已经是大校了，怎么还干正团职的活儿？"

……

一天晚上，尚秀花把这些情况告诉了郭旭恒。

郭旭恒淡淡一笑，随口说："这说明你对马克思主义还学习得不够。"

尚秀花不高兴地怼他："你怎么一上来就给我戴个这么大的'帽子'？"

郭旭恒笑道："你不知道马克思有一句名言吗——走自己的路，

让人家去说吧？"

尚秀花也禁不住"扑哧"一笑，心想：还真是这么回事儿！医教部暂时没有明确自己做什么"具体工作"，可以有多种原因，没必要多琢磨它，应当认识：到社会上完全免俗真的很难，在一个一切以权、钱、名为评判标准的世界，则几乎是天方夜谭。重要的是自己一定不能把自己当成外人，要高姿态地尽快进入情况，要晓得在俗之外还是有一种不俗存在着，至少应当让大家感觉到世界上还是有希望存在着。有良善在，即便一时雾水朦胧，也总有天光大亮、豁然开朗之日。良善本自内心，无须解释。很多事情，只能意会，不可言传，做好自己便是。

于是，面对有些同志的不解，尚秀花开始学会微微一笑，也学会拼命努力。

于是，为了尽快进入情况，尚秀花每天早晨7点半就提前来到办公室，和清洁工一起打扫卫生，做好上班的准备。

于是，为了尽快进入情况，她请工作人员把医教部历年来的工作总结都找来，从头到尾地看了一遍，对这个单位的历史、工作特点都有了一个基本的了解。

于是，为了尽快进入情况，她有意识地到图书馆，找一些业务书看。一时看不懂，就虚心地向同事们请教。

于是，为了尽快进入情况，她地地道道的北方人也主动入乡随俗地学说一些上海话，观看一些沪剧、越剧，还真诚称赞上海籍的同事说话像山涧溪水，清雅温柔，美妙动听。

于是，为了尽快进入情况，她也充分肯定并学习上海人的好习惯——室内环境都干干净净，进门换鞋，内外有别；窗明几净，纤尘不染；地板无滴水，厨卫无污垢；外出归来，外衣必换下，床沿不准坐人等等。

……

尚秀花做起事来是认认真真，有板有眼。几个月下来，医院的人她都认识，有的虽叫不出张三李四王五，但基本上八九不离十。用方言形容——"全是熏烧摊上的猪头肉——熟脸"。

医教部的领导和同事们对这一切都看在眼里。

有一天，医教部主任见尚秀花早早就提前来到办公室，友善地对她说："下午你跟着我们查房吧。"

她自然高兴地加入领导查房的行列。

尚秀花除了留心领导、专家对病人的问诊、诊断，也站在旁边仔细观看病人吃药。她看到每个病人都端着自己的水杯，里面有小半杯温开水。护士先将一个塑料小盒里的药一次性倒入病人的手心，然后看着病人把药放进嘴里、饮水、吞下。最后一个程序是每个病人必须张大嘴巴，卷起舌头，让护士检查嘴里有没有药……

此后尚秀花又参加过不少次查房。她每到一个病房，都不仅细心询问病人病情，还嘘寒问暖，关心他们的生活起居。

病区的一条走廊，从这头走到那头，尚秀花等边走边停，经常有病人过来聊天，满是欢声笑语，病区、病房都更像是家了。

几天后，医教部的领导开办公会时，开始明确分工尚秀花管保健、行政管理等方面的工作。

每年从初夏到深秋，上海堪称是各种雨水表演秀的世界级舞台。断断续续的雨水会把全市各处的大街小巷冲洗得格外透亮，道路也前所未有地光洁，屋面被冲洗得一尘不染，树木和花果拼命地生长，越发葱绿，晶亮水灵。

当然，这六七八3个月，连绵的雨水也给驻地附近的一些离退休老干部看病带来若干不便。于是有些老干部和家属纷纷提出：

"我们为什么不能到离家最近的二医大看病？"

尚秀花仔细分析了这些情况，提出建议：仿效解放军总医院，每个科室留两三张床位，专病专治，建立一个干部病房。

1999年，总后勤部下发文件，要求各部队医院对驻地军以上老干部的医疗应热情接受，不能推诿。

二医大就此把学校门诊部撤销，放到长海医院，将驻地附近的离退休老干部的医疗承担起来。

一位年过9旬的老干部眼眶泛红。他是解放上海战役的亲历者。尚秀花就势请他讲了70年前的情景。

这位老干部回忆："我是第三野战军第23军的战士，所在部队本来是负责解放杭州、浙东一带，5月20日凌晨突然接到命令，要求我们立即赶赴上海，加入上海战役。当时我们已经急行军了六七个小时，又饿又累，但接到命令，还是立刻小跑前进。天亮后，在路边休息了一阵，吃了点东西，又接着走。急行军3天4夜，终于在24日天蒙蒙亮时，进入莘庄火车站。部队刚到莘庄，国民党的两架飞机就跟来了，在空中转了两圈，扔下两颗炸弹，又飞走了。三野23军从这一刻开始，正式加入了解放上海的战斗。5月24日傍晚，23军到达徐家汇，在这里做最后的准备。在教堂前面的广场上，部队进行了简短的战斗动员。我们沿着华山路向北前进，穿过现在的淮海路、延安路和静安寺。经过现在环球世界大厦，看到路边有一具战士遗体，手臂上套着'人民保安队'的袖章，蓝色上衣上满是血。从5月24日到27日，他们打了3天3夜，从上海的西南角，一直打到东北角，斜穿了整个上海市区。终于，在5月27日拿下了位于江湾的淞沪警备司令部。我记忆尤为深刻的是5月27日的那一顿早饭。阮武昌透露，为了不扰民，我们在上海战斗的3天3夜，每一顿饭都是在后方做好再送过来的。我们打到哪里，后方就把饭送到哪里。5月27日的早饭，也是从漕河泾大老远送到江湾的，饭到了我们手上的时候，完全没有一点热气了。好在当时天已经比较暖和了，这个问题不大。当时，部队只带了少量的人民币，有命令不许多用，怕扰乱市场，而战士又没有当时市面上通行的金圆券、银元，所以买不了菜，只能吃白米饭。那时候刚刚打完仗没多久，我们就蹲在马路边上吃早饭，附近的居民看到了，自发跑回家给我们端菜，我们不肯吃，他们就追着往我们碗里夹菜……这一份军民鱼水情，如今想起来依然让我十分感动。"

看到老人家不时哽咽的回忆，尚秀花深受感动，同时也更意识到自己所做工作的重要性。

有一天，尚秀花得知心内科一名专家的母亲来医院看病，自己还要出三分之一的诊疗费，遂提出建议："这名专家为医院做了那么多贡献，自己的直系亲属看病，就不应该再自己掏腰包了。"

大家采纳了她的建议，方方面面都比较满意，专家及其母亲更是十分感激。

尚秀花很快适应了长海医院的工作。她留着温婉的齐耳短发，每天身着白大褂，工作中的她专注而内敛，同时透着一种"手艺人"特有的细心、耐心与严谨。

医教部党支部换届时，大家一致选举她担任支部书记。

在军队院校工作，经常会听到号声。在尚秀花听来，无论起床号、出操号还是熄灯号，都与部队基层的号声一样，是世间最美的声音。每次号声响起，她浑身的血液都会奇异悸动，那一刻，她会情不自禁地停止手中正在做的所有事情，凝神、屏息，让自己完全浸泡进去。那个声音总是冥冥中给她一种昭示，她总认为，自己的人生将因这个声音而不同。

1998年的一天，有一位同事问尚秀花："尚主任，你调来咱们医院有一段时间了，还不知道你是什么职称？"

尚秀花回答："我以前长期做行政工作，没有职称。"

那位同事说："尚主任，在医院工作，有一个职称是很重要的。你应当立即申报职称。"

一般来说，"自学成才"的关键在于"自学"二字。自学有多种含义，既可以指人吸收接纳事物的能力，也可指一种状态，即在没有经过当今中国的"捆绑式"教学模式的情况下掌握某种知识和技能。尚秀花就是这种情况。她的可贵之处在于学而不倦，学习不止。这说明自学者可以根据自己实际情况和自己的学习特点去学知识，可以把精力都放到专门的一门学问上，学习效果比一般在校的正规学习或许还要强。这样的工作，这样的学习，这样的生活，她喜欢。

一般人都知道，申请职称要经过严格的专业考试，在医院、学校两级的述职，论文答辩等一系列复杂环节。这对长期做行政工作，没有专门学习、使用外语的领导干部来说，自然绝非易事。尚秀花申报职称，自然经过一系列磨砺。但她不气馁，不放弃，经过长达6年的坚持不懈的业务学习和一次次努力争取，终于如愿以偿地获得了主任医师、教授的职称。

医教部主任方国恩到北京参加总后勤部举办的读书班，学习了几个月才返回上海。他看到在自己离开岗位的这段时间，尚秀花把医教部的各方面工作都理顺了，内心十分高兴。

二医大领导对尚秀花在长海医院医教部的工作也充分肯定，认为她总"高职低配"未免不妥，建议长海医院增配一名副院长。

这个意见报到上级机关，没有获准，理由是"郭旭恒目前担任副校长，尚秀花再担任下属医院的副院长，形成了'垂直领导'，应当避嫌。"

尚秀花得知后，淡然一笑，充分理解，情绪不仅丝毫没有受到影响，反而在医教部党支部书记、副主任的岗位上干得更起劲儿，学习也更努力了。

有一天，尚秀花与一位干部议论到：也许人是因为考研而改变了人生道路。

那位干部就势问："尚主任，你是否想考研，我可以给你引见一位导师。他刚开始招硕士生，可以作为开门弟子而报考。"

尚秀花心想：自己虽然喜欢读书，但完全凭兴趣，又缺高人指点，所以收效了了。有这样的机会，当然不应放过。

于是，赶忙约定了时间，她跟着那位干部一起去未来的导师家拜访。

两人爬上4层楼梯，怀揣一颗忐忑的心，敲门进去。

有一个高个子年轻人笑着说一句"你们来了呀"，就把他们引进过道厅里，倒了两杯水，随即走开了。尚秀花猜是导师的儿子，就耐心等着可能已是白发苍苍的导师出来。

不一会儿，还是这位年轻人，端着他自己的茶杯进来，落座问她情况，主要是问看过什么书，有怎样的想法，等等。

尚秀花突然醒悟过来：原来这位年轻人就是未来的导师。她后来才得知，这位年轻人是从讲师破格提拔到教授的，难怪年轻得让人无法相信。

见面后下楼，尚秀花想起来应该问一下学习范围的。准备再上楼，却被那位干部阻止了。他说："如果老师是命题人，打听复习范围并不合适。况且，介绍的时候就说你读书多，再要求划范围，就会被看低了。"

尚秀花也自找台阶说："是呀，前脚出门后脚又进，也很怪的。"

可惜，第一年考试，并不顺利。尚秀花专业虽考了及格，外语却没通过。

她心想，每个人在自己的生活中拥有什么可以运用的资源，并不完全取决于自己，也不能完全由自己决定，但如何运用这些资源，则完全靠自己。一个人的主观能力可以把自己客观上拥有的资源与条件，发挥到最大程度，甚至可以很大程度上改变自己的命运。自己目前在大学工作，这本身就是很好的学习资源。

接下来的日子她发奋攻外语，还请了外语好的同事给补课，终于在2001年通过。就这样，尚秀花在早已本科毕业的基础上，又开始了上海大学研究生班的学习。

尚秀花在学习

她的学习精神也鼓舞了郭旭恒。2000年10月至2003年4月，尚秀花通过在职参加上海大学"管理科学与工程专业"的学习，拿到上海大学研究生毕业证书。大约与此同时，郭旭恒在职学习了中共中央党校的研究生，论文答辩被评为优秀，也获得研究生毕业证书。他俩都认为夫妻的工作、学习、生活与处事，能相互作用，相互促进。

　　尚秀花日常穿着朴实，低调，除非参加重大外事活动，衣饰从不华丽。她认为自己就是一位普通教师，穿着整洁端庄大方就好了。人们都觉得她热情似火，待人平易和气，从不摆领导和教授的架子，也从不出风头和喧哗炫耀，每次见到她，无论是特意拜访，还是路上偶遇，她总是热情友善，专注和善地认真倾听，语速徐缓地嘘寒问暖，即使对一些不相干的晚辈、民工，也从来都是相谈甚欢，让人心里暖暖的。偶因事求助于她，不管她有没有这个能力，事最终能不能办成，她都必定当成自己的事一样，帮着出主意，想办法。这些既来自于她良好的家教，也来自于她在部队长期的自我努力磨砺。她的女儿尚雯（又名郭雅）也和她一样朴实无华，善良勤奋，从不在大院里喧哗、折腾，处处显得

1999 年 5 月 1 日，尚秀花（左一）和丈夫郭旭恒（右一）、女儿郭雅（中）在上海原第二军医大学外训系看望洪学智（右二）上将和夫人张文（左二）

有教养，懂礼貌。

这期间，凌解放等206团的老战友曾经到上海体检，郭旭恒和尚秀花都进行了周到的安排，之后又给凌解放等时常寄去药品。

在长海医院工作期间，尚秀花遇到不认识的病人，听他们说明困难后，总会想：像这些背井离乡来上海看病的农村人，有的还丢了辛苦挣来的血汗钱，该是多么着急多么难过呀！因此她都是积极想办法让其及时在医院做检查、诊断与治疗。

有一次，黑龙江一位素不相识却得到了尚秀花帮助的病人出院后，给她汇钱表示感谢。尚秀花收到后立即全部退回。

有一天，她突然看见一位长者，满头华发，精神矍铄，那正是她敬爱的一位老师。尚秀花跑向前去热情地打招呼，但老师看着她，并无应有的反应。尚秀花连忙自报家门，并向他一再提示，自己当年在哪个班级，云云；然而，老人家依然一脸迷茫。

这样一次邂逅，这样一个结局，这样一种尴尬，尚秀花不曾预料！这位老师怎么会这样健忘？但紧接着，她又想到，在过去的几十年光阴里，老师带过了多少届学生啊，他怎能统统牢记心里呢？所以，他不会将这些铭刻在自己的"功劳簿"上而念念不忘。过去就过去了，有如江水奔流，白云飞逝，季节转换。

尚秀花还想到，实际上自己周围也不乏这样的人。在一次战友聚会上，两个年轻干部聊起自己的进步之时，得益于同一个老领导的无私帮助，讲述这位老领导如何强调需要注意的问题，耐心指点他们的情况。赶巧这个老领导也在场，却对两个战友的讲述没有任何记忆。这引起大家对"甘为他人作嫁衣"的领导品格的一通赞美，都说这是领导的一种可贵境界。

尚秀花感触颇深，有句成语不是叫"助人为乐"吗？学雷锋也是快乐的。不管事情大小，赠人玫瑰，手留余香，总是美德。

她在医教部很快树立起了自己的威信。许多同事、病人都感到尚秀花像一个邻家大姐那样亲切，能和你细数家常，掰着指头计划着明天干什么，后天干什么。同事们都认为尚秀花人好脾气好，人缘也好，有事请她帮忙，最靠得住，而且成本为零。

第15章

　　尚秀花在长海医院工作期间，由于给自己的学习、工作定的标准都比较高，事事不甘落后，因而精神上比较紧张，时间安排也比较紧密，再加上从总部机关到基层，不可避免地有个适应期，身体一时难以适应，表现在面部皮肤上，总是又红又肿，长出丘疹，还伴着痒痛。可就是这样，在治疗期间，她还有心情跟医生、护士开玩笑。大概就是由于天天说笑，病魔听烦了吧，病患又奇迹般地好转了。为了适应新的环境，她在身体不适时，一直咬紧牙关坚持，让生病与坚持工作、学习同在，使二者和平共处，共度时日。

　　尚秀花接受新鲜事物的能力似乎从未随着年龄的增加而退化。在她四五十岁，这个让年轻人开始喊"阿姨"的年纪，她依然坚定地拒绝当"大妈"。当然，这种拒绝的结果，并没有演变成那种会引起人不舒服的"装嫩"，而是慢慢酝酿出一种与年龄相称的、充满活力的生动。这就是似乎有用不完的好心情，永远在不知疲倦地读书。

　　现代社会，已经有许多人很难把一本纸质的书，一口气从头读到尾了。这是由于周围的诱惑太多，使人们那颗日渐浮躁的心难以平静下来。大量碎片化的信息，像空气一样包围着人们，使其目不暇接。现代移动通信技术，仿佛在周围架起一条条联系外界的无形高速公路，使人们成为海量信息占有者的同时，也占有了他们的时间，并打乱了他们正常的思维，使其头脑中的知识及对外界的认知呈"碎片化"——受其影响，人们看待事物很容易以点盖面，片面极端。

在这种情况下，尚秀花感到捧起一本自己喜欢的书，慢慢读下去，会发现心渐渐平静下来，随着作者走进书中那片陌生而又新鲜的情景。慢阅读能改变人的性格和气质，能使人神清气爽，充满自信，由外到内悄悄发生变化。

学习、研究心理学，让尚秀花找到了工作之外的另一种乐趣。读书入门了，尝到甜头了，自得其乐了，也就习以为常了。她认为追求可以不必是轰轰烈烈的事业，可以没有成名成家的荣耀，可以不计较回报，也可以说不上名堂，只要自己喜欢，并沉浸其中，那就是快活的、积极的、健康的人生态度。

或许是好奇的种子在她年轻时就播下了，此刻人们更感受到了她固有的特质："对世界永远保持好奇。"

她订阅了很多报纸杂志，希望自己能够通过学习，在心理学领域有所建树。

繁忙的行政工作之余，最让尚秀花惬意的是工余时间打开书房的窗户，摊开纸笔，一边读书，一边思考问题。从此，她便穿上心理学研究这双"红舞鞋"，再也脱不下来了。被一种学习的激情啮咬住，整天处于一种痴迷状态，忘了自己属它还是它属于自己……

尚秀花越来越重视对人的幽微心理世界的探寻。她从办公室向外俯看，可以看见各种各样的人：干部、战士、教师、学生、失恋者、合同工等，无一例外，他们全都匆匆忙忙，像奔流不息的水一样刷洗着整个校园。尚秀花开始意识到，在自己目光所及的外表背后，这些人还有另外的感情和身世。每个人都有一团影子那样黑乎乎的秘密。就是那些深沉的秘密、那些长长短短的影子，一下子击中了她，像积蓄多年的火山终于找到了一个突破口。尚秀花迫切地想要贴近他们的心肠，感知他们的哀戚与慈悲。这就需要一个科学的途径——心理学！它就是一台高倍的望远镜与取景器。

于是，尚秀花开始和一些同事、学生议论有关心理学的故事。

有一天，她对几位年轻人说："1991年8月30日，在东京举行的'世界田径锦标赛'上，美国运动员麦克·鲍威尔奋身一跃，以8.95米的成绩打破了鲍勃保持了二十三年之久的8.9米的跳远世界纪录。事后，鲍威尔在接受采访时披露了一个鲜为人知的细节——那天比赛时，他的对手是被称为20世纪最佳田径运动员的卡尔·刘易斯，就在鲍威尔起跳前，刘易斯跳出了极佳成绩。他洋洋得意地走向鲍威尔，挥舞拳头示威，鲍威尔被彻底激怒了，这怒气竟然激发了巨大的能量，使他做出了令人目瞪口呆的一跳，至今，这个纪录已经保持了近30年无人撼动。心理学家认为发怒是一种'触发'性的情感，它使人想去抗争。当他受到不公正的对待，胸中'怒火燃烧'，就可能极大地激发人的能量。所以，有人认为激发人的怒火在特定场合是有益的，上述鲍威尔打破纪录就是一个明显的例子。当然，发怒也有危险的一面，会在促使人坚持不懈的同时会消耗人的协调能力和创造力，损害人际关系，也会分散自己的注意力，更不用说有些发怒根本是不必要的。又比如我们如何回报父母的厚爱呢？不少人已经认识到不仅要赡养好老人，还要在精神上照顾好他们。令人欣喜的是，现在我们已常看到子女带着老人游山玩水，有的还坐游轮看海景。但我认为仅有这些还是不够的，还要关心老人的内心世界，走进老人的内心世界。而走进老人内心世界，关键是要了解他们的需要，尊重他们内心的柔软，让他们老而不衰，切实帮助他们解决生活中碰到的难题，尤其是老人生活中的难题和小事，比如年轻人感受不到的，老人剪脚趾甲碰到的困难。此事说大不大说小不小，因为老人往往弯腰很困难，够不着脚面，加上眼睛又不好使，修剪脚趾甲力不从心。在同老人聊天时，我也常听老人说起这些生活中的小事难事。所以，小辈要经常关注老人的实际需求，如同老人关爱子孙一样反哺老人。再比如某一天的凌晨时分，下夜班归来的你，走在一条幽静的小巷中。突然从背后传来一阵脚步声。你借着路灯回头一看，一个头发染成金黄色的小伙子正快步走来。你也许感到紧张，并下意识地紧紧拽住挎包，加快了脚步。但如果你看见的是一个头发染成金黄色的美女，或许就不会感到那么紧张了。这个故事就较准确地描述了你的心理反应——一个头发染成金黄色的小伙子比一个头发染成金黄色的姑娘更有可能抢劫你……"

在听到这些年轻人的呼应之后，尚秀花又进一步讲："人类的大脑常常被比喻成一个电脑硬盘，记录着生活中的数据。其实这比喻并不恰当，因为大脑是一个高度活跃的器官，它会过滤、校订甚至虚构信息。奈瑟尔在其巨著《认知心理学》中指出，记忆并不是对大脑所存储信息的简单恢复，而是一个信息的重新建构过程。在此过程中，记忆会出现错误，亦即记忆具有可塑性。为了验证记忆的可塑性，美国心理学家伊丽莎白·洛夫特斯曾经做过一个关于目击证人记忆的实验。她给被试看一部关于车祸的电影，要求被试估计当时车的行驶速度。然后，一些被试需回答这样的问题：'当两辆车相撞时，它们开得有多快？'而另一些被试需回答的问题是：'当两辆车接触时，它们开得有多快？'结果发现，前一组被试的答案是每小时30公里，而后一组被试的答案是每小时40公里。一星期后，她询问所有的目击证人：'你是否看到了玻璃碎片？'前一组被试有三分之一报告看到了玻璃碎片，而后一组被试有14%看到了玻璃碎片。事实上，电影中根本没有玻璃碎片出现。研究表明，通过误导性的提问，可以破坏或搅乱被试的记忆。记忆具有可塑性，但人们为何会在怀旧中对记忆进行美化呢？答案是，怀旧是一种心理防御机制。对自我能力随着年岁增长而衰退的恐慌，对社会转型带来的冲击缺乏控制感，很容易触发怀旧情绪。对于未来，我们总有着各种各样无法预期的焦虑，只有对于过去，我们能自由地在脑海里进行再加工、再解读。正如彼得·梅尔在《重返普罗旺斯》中所言：'记忆是一位带有太多偏见和情绪的编辑。它常自作主张地留下它所喜欢的东西，而对那些不尽如人意的事情充耳不闻。在这种剪辑下，玫瑰色的往事清晰如昨。脑海留下了一片颇具魅力、朦朦胧胧的岁月。'怀旧或对记忆的美化，给我们以舒适、亲切等积极情感，给我们提供了莫大的安慰，给我们营造了一个心灵上的庇护所。不过，社会在发展，时代的巨轮在滚动向前，我们的步伐也不得不跟上……"

也有年轻学生问尚秀花："尚主任，研究心理学对我们现在的生活有实际意义吗？"

"当然有实际意义！"尚秀花肯定地回答，"我还是给你们讲几个一般人耳熟能详的故事吧——1774年，德国大作家歌德的《少年维特之烦恼》出版，这部小说讲述了一个青年因失恋而自杀的故事。小说的发表造成极大轰动，不但使歌德名声大噪，而且在整个欧洲引发了模仿维特自杀的风潮，以致好几个国家将《少年维特之烦恼》列为禁书，维特效应由此得名。其实维特效应的最初证据来自心理学家菲利普斯对 1947 年到 1968 年之间美国自杀事件的统计。他发现，每次轰动性自杀新闻报道后的两个月，自杀的平均人数会比平时多 58 个。因此从某种意义上来说，每一次对自杀事件的报道，都间接地'杀'死了 58 个本来可以继续活下去的人。菲利普斯同时发现，自杀诱发自杀的现象主要发生在对自杀事件广为宣传的地区。宣传越广泛，随后的自杀者就越多。例如，在媒体报道了美国影星玛丽莲·梦露的自杀新闻之后，那一年全世界的自杀率增长了 10%。维特效应的背后是社会认同原理。该理论认为，我们经常根据其他人的行为来决定自己的行为。如果我们看到别人在某种场合做某件事，我们就会断定这样做是有道理的。罗伯特·西奥迪尼在其名著《影响力》中列举了两个有关社会认同原理的有趣例子。第一个例子是，实验发现，使用'罐头笑声（指喜剧节目中刻意加入的场外笑声配音）'会让观众在看到滑稽节目时笑得更久、更频繁，认为节目更有趣。甚至对于糟糕的笑话，'罐头笑声'同样有效。第二个例子是，在酒吧每晚开始营业前，调酒师常常会在自己的小费罐子里放上几张之前客户给的票子，以给后来的客人留下一个印象——把钱折起来当小费是酒吧里司空见惯的礼貌行为。出于同样的原因，教会募款员也会在筹款箱里放上一些钱，以期产生同样的积极影响。这些例子表明，社会认同可以是完全无意识的、条件反射式的。大众传媒的报道方式常常为维特效应推波助澜。根据一些中国学者的研究，大众传媒对自杀事件的报道通常具有如下几个特征：第一，报道过于细节化，强化了可模仿性；第二，对自杀原因做简单归因；第三，突出自杀可能带来的利益，例如引起舆论关注、获得赔偿解决、达到威胁的目的等；第四，利用头版、大版面、多图片方式进行渲染化报道；第五，忽视统计数据，夸大个案影响。显然，这些特征无疑让媒体报道更吸引公众的眼球，但无形中对维特效应产生了催化作用。所以传媒从业者必须严肃对待媒体传播的引发的心理学问题，媒体在考虑新闻价值的同时，应坚守伦理底线，谨慎选择报道方式，并对报道内容进行恰当取舍，从而体现人文关怀以及对生命的尊重，发挥正面引导作用……"

尚秀花讲完了，本想告一段落。没承想这些年轻学生们望着她，显然是还想听。尚秀花于是干脆利用这个机会再讲讲心理学的基本知识。

她说："再比如心理学中的曝光效应。我在工作中发现，虽然按照医教部的规定，学生的期末成绩应由平时分与期末考试成绩两部分构成，但很多老师一般仅根据期末考试成绩评定学生的期末成绩，几乎不考虑平时分。即使有平时分，所占比重也很少，而且学生间也没有差异。他们这样处理的原因是，平时分的评定具有很大的主观性。对于那些到课率高、课堂发言积极、经常问老师问题的同学，老师们给的平时分一般都比较高。然而，缺席的学生并非都不爱学习。若老师上课效果很差，学生们去图书馆自学又何尝不可呢？另外，经常在老师面前露脸的同学一般来说性格较外向，而他们若得到很高的平时分，则对于那些性格内向的同学就是不公平的。实际上，到课率高、课堂发言积极、经常问老师问题的同学会得到较高的平时分，很大程度上反映了心理学中的曝光效应——人们往往会喜欢那些经常出现的事物。20世纪著名心理学家扎荣茨曾做过一个有趣的实验。他让被试观看某学校的毕业纪念册，而被试根本不认识纪念册里的任何一个人。看完毕业纪念册后，被试接着观看一些人的照片。照片中的人物出现在纪念册中的次数从0到20余次不等。最后，被试被要求报告对照片的喜爱程度。结果发现，在纪念册里出现次数越多的人，被喜欢的程度越高。在扎荣茨进行的另一个著名实验中，他给不懂中文的被试呈现一些中文词汇。这些中文词汇所呈现的次数从 0 到 20 余次不等。之后，他让被试猜测这些中文词汇是褒义词还是贬义词。结果发现，虽然被试根本不懂中文，但出现频率越高的中文词汇，就越会被猜测属于褒义词。上述两个实验均表明，单纯增加一个事物出现的次数，就已经可以提高人们对该事物的喜爱程度。曝光效应出现最多的领域是广告。通过进行广告'轰炸'，商家们把曝光效应运用到了无以复加的地步。效果也很明显——如果消费者打算买一件产品，很可能就会马上想起那些经典的广告词。你也许认为，广告'轰炸'在你身上不会产生效果，因为自己是很理性，能够识破商家们的伎俩。然而，正如马修·威尔科克斯在《畅销的原理：为什么好观念、好产品会一炮而红？》一书中所指出的，人类 90% 以上的决策是基于直觉而做出的，只有不到 10% 的决策建立在理性基础上。实验表明，即使是植入式广告，也能影响人们的偏好。在一项研究中，扎荣茨等人通过速示器以非常短暂的时间间隔给被试呈现图片。虽然时间太短，以致被试根本无法有意识地知晓图片的具体内容，但实验结果表明，曝光效应仍然存在，由此扎荣茨将曝光效应称为'无需推论的偏好'。曝光效应除了能够解释广告的力量，还能解释其他很多日常生活中的现象。例如，明星们为什么要保持曝光率，经常在上司身边出现的人为什么更讨上司欢心，办公室恋情为什么容易发生，等等。当然，如果我们在日常生活中善用曝光效应，多与人们寒暄几句，甚至仅仅点头致意，也能提高人缘，让我们更受欢迎……"

这些年轻学生听了尚秀花的阐述，都感到很有教益。

在尚秀花心中，一直有一团火。她要走出自己的一条路，即使跌跌撞撞地也要走下去。她联想到不少能激励自己的例子，如画家齐白石出身农家，没有什么学历，却凭着自身的理想和毅力，完成了从"乡间木匠"到"艺术巨匠"的人生"逆袭"。这两个"匠"的距离，说起来无须多少时间，然而真正要打通相连，却何止十万八千里的遥远。这"逆袭"故事，最主要的在于他本人的努力。

在有目的地学习心理学之后，尚秀花更意识到，研究心理学也一定要以符合马克思主义、毛泽东思想的理念为指导，而马克思主义、毛泽东思想的核心是要为人民服务、拥抱时代、关注社会，有使命感，要使自己的学习与研究成果具有诠释人生、改进社会的功能性。

《毛泽东选集》尚秀花曾经读了好几遍，《马克思恩格斯选集》《列宁选集》她也都择要读过，自然获益匪浅。但其中涉及心理学的内容实在不是很多。于是，她又寻找这些"选集"之外的有关书籍，请医教部的同志帮助找来一些当时并没有多少人问津的心理学书籍。好家伙！厚厚的一大摞。尚秀花用马列主义、毛泽东思想的基本原理与这些书对照着读。

她慢慢形成了稳定的生活状态：白天在医院上班，晚上在家里看书，开始研究心理学。家里总是安安静静的，只有她和郭旭恒各自加班学习、工作的身影。

尚秀花常常一读就是好几个小时，常常忘记了吃饭，忘记了睡眠，忘记了疲倦，忘记了时间！似乎除此之外的一切都不复存在！

一天傍晚，尚秀花坐在光线比较明亮的窗前，把从机关食堂打包带回来的几个小包子放在一本心理学书籍旁边，计划一气将有关的章节读完。

"秀花！递给我一个你们食堂的小包子，我尝尝也算了解你们食堂的情况了……"郭旭恒在另一间屋子呼喊。

"喏，给！接住。"正读到兴头上的尚秀花随口应道。

"哈哈……"只听到一阵儿喧哗，"你自己看，这就是你打包带回来的小包子！"

尚秀花抬头望去，也不禁哑然失笑！原来自己是将书边的胶水瓶当小包子扔了过去！

有时，晚间供电不足，学校会拉闸断电。尚秀花就点燃蜡烛阅读。淡黄色的烛光渺茫地燃烧着，似乎摇曳不定，需要人经常伸手去呵护……

尚秀花最初对心理学的许多专业术语都读不懂，只好不断地用笔在书页的空白处画线或画小圈圈。

恩格斯曾经把马克思创立的学说比喻为"酸果"，而且特别说明这是很大的、很难"啃"的"酸果"。尚秀花却想，也许心理学书籍，也可以称作"酸果"。唯其难"啃"，才更有味道。

她的书房内，仿佛有一股源源不断的生命流在奔涌。

入夜，尚秀花仰望到浩渺肃穆的天际星空正卓然闪烁，既亘古不语，万世不变，又能亲眼见到流星飞逝。这真是一种超越性的精神漫游。

哦，马克思、恩格斯、列宁……都已离开了人世。按说，逝者与生者幽明永隔道路茫茫不可能认识和交谈，更绝无相逢之理。但是，当尚秀花入迷地在心理学理论的高山上攀登，完全进入了"角色"的时候，几年、几十年乃至几百年的岁月都似乎变成了真空，发生了经常性的重合。尚秀花感到早已作古的导师们分明又活了过来。她分明看到他们就端坐在云端，就端坐在眼前，就端坐在自己心灵中的圣地！他们那满头稀疏的银丝，一脸深而密的皱纹，似乎无论在哪个角度，都可以使人感受到山的影子；而太阳的光芒也仿佛在朝宇宙深处探索。他们那灿然的笑，极神秘，极辽远，仿佛有一种天国的光辉凝视着自己，使自己不由得产生出一种与他们越来越接近、越来越亲近的感觉。

尚秀花的思路，随着阅读和研究，在导师们著作的字里行间迅速地延伸到过去、现在和未来的年代，充满了一种归去来兮的喜悦，随着对导师们的思想和思想方法的熟悉了解，便经常俨然置身于与几位伟人同时展开的心灵对话之中，其中有虔诚的聆教，有会心的微笑，有平和的切磋，有扼腕的长叹，也有激烈的争论……

在尚秀花心目中，马克思、毛泽东等革命导师们站得特别高，面对的是整个人类，有着一种不可战胜的人格力量，必须用整个心灵来仰视。她被他们感召，被他们冲击，食不甘味，睡不安寝，禁不住想将心中所感受、理解的一切都一股脑儿地宣泄出来，公之于世。

尚秀花十分清楚，任何一个民族在任何一个时代，都需要有一面精神的旗帜作为信仰支柱。她旗帜鲜明地认定：只有马列主义、毛泽东思想才是中国走向富强的精神长城。赫拉克利特有一句上了各种哲学教科书的著名格言："人不可能两次踏进同一条河流。"

这位先哲讲出了人们认识的渐进性。

即便说到心理学，毛泽东也堪称最高明的心理学家。他对人、对事都始终保持清醒的头脑。在中国，对帝国主义始终保持高度警惕和最清晰认识的人就是毛泽东。他的头脑是最清醒的，也是最辩证的，如他说过：美帝国主义是纸老虎，也是真老虎，在战略上要藐视敌人，在战术上要重视敌人。

跨越，是一次质的飞跃；是一种艰难的跋涉，也是一种慨然的洒脱。

尚秀花一下子就把过去读过的经典著作、各项研究的心得和理解串了起来。

她完全脱出了个人的局限，不是为了虚荣而去追求什么下笔万言、一挥而就、倚马可待的"才气"，而是对学业极其严格，仿佛一块海绵，张开怀抱，拼命地吸纳着新鲜的一切，每一个观点、每一个事例都一丝不苟。

"衣带渐宽终不悔，为伊消得人憔悴。"

有时尚秀花对着镜子照一照，发现镜子中的自己脸色青灰，眼睛很大，眼睑留下熬夜的黑晕，仿佛变了个人。但她感到自己的眼界、胸怀、气度，都又获得了一次新的涤荡和充实。

尚秀花体会到，人生最大的幸福，或许更多地是在于学习、进取的过程，而主要的不是在于结果。那攀登一重重高山后的心境，那"无限风光在险峰"所给她投射的心灵影像，纵使哪位写作大师再有生花妙笔，也难以状写！

每次探亲、出差，尚秀花挤在乘客满满当当的列车上，似乎全然不在意车厢过道上的人挨人、人挤人；也全然不在意行李架上、座位底下，大包、小包都堆放得拥挤不堪；只是埋头思考自己所研究的问题，似乎只有那些别人看似十分枯燥的心理学概念才是回味无穷的珍品。

到了目的地，尚秀花总是走遍图书馆，慕名找指战员或专家、教授、专业人员求教，到部队、工厂、农村、学校进行社会调查。而这一切费用都无处"报销"，只能自费开支。这用去了尚秀花并不丰裕的大部分工资。尚秀花的丰富多彩而又极其清苦的整个家庭生活也充溢着精神的光芒。

她的长篇论文，完全是自己一笔一画地用钢笔书写，字体娟秀圆熟，很少连笔与涂改……厚厚的一大摞，称得上是浸透着心血的艺术品。

除了自己学习，尚秀花还特别注意引导年轻干部也能下功夫学习。

劝读之事，恐怕不少人都做过。写过《励学篇》的宋真宗赵恒就是有名的一个。像他所言，书中既然有"千钟粟""黄金屋""颜如玉"，怎能不令人心生向往？宋真宗之目的在于鼓励士子们考取"功名"，并通过"功名"获得粮食、财富、美女。这几句口耳相传至今，可见其长盛不衰的生命力。只是如今科考不再，功名已无。尚秀花想，人们如果能由于宋真宗的几句话就爱上读书，倒未尝不是好事一桩。然而，不管哪个时代，阅读是自我成全之路，倒是确确实实的。尚秀花的"劝读"，一般不是自上而下的要求，不是由高到低的命令，而是将心比心的引导。她认为，领导劝部属，教师劝学生，父母劝儿女，如果一味威逼利诱，劝说之效果肯定是大打折扣的。尚秀花常劝年轻人多读书，一直乐此不疲。

经她"劝读"，有一个年轻干部虽然是研究生学历，但看到尚秀花坚持学心理咨询学颇有收效，便也相跟着报了函授班学习。

没料到后来他因为家庭发生变故，思想感情一时受不了，陷入极度的痛苦之中，一度甚至不能坚持正常的工作。

在精神将要崩溃之际，他意识到自己因心理问题将要引起身体疾病的严重性，必须高度重视，否则问题会日益严重。于是，便运用在函授班所学习到的心理学理论与技术，通过倾诉、转移等方法，走出了心理阴影，恢复了正常的学习、工作与生活，又组建起新的家庭，各方面都恢复了生机，还被任命为一个部门的主任。

这名年轻干部很感谢尚秀花的引领，尚秀花也认为是心理学的健康教育与心理治疗挽救了他，案例十分典型。

尚秀花认为人这一辈子，应该"有所为，有所不为"。能做的事、愿做的事、能做成的事，其实并不多。要把时间、精力和热情，集中投入到于人生有兴趣、有意义的事情上，这一辈子才能有所收获，而不至于在人生的尽头，怅然若失，悔不当初。只要自己所做的事情对国家、对人民有益，即使再辛苦也没有关系。

2000年和2002年，尚秀花被第二军医大学和第一附属医院评为优秀党支部书记各一次，所在党支部被评为优秀党支部。

作为党支部书记，她十分重视每个党员、干部的思想动向。

1999年4月，尚秀花（右一）和新党员李梅（左一）交谈

医院领导常说："尚秀花好比是灭火机，哪里有事就派她去，肯定能解决问题！"

一次，尚秀花听到某科室反映："苏联解体后，一位年轻党员对党的性质、路线、方针、政策等产生疑虑，说一些过头的牢骚话。科室领导去做工作，他还十分固执，说：'你们甭讲，你们自己也说不清！你们知道啥叫社会主义？'"

有些领导听了，颇为恼火，主张立即当作"政治问题"严肃处理。

尚秀花不同意这样做，而主张从理论上说服。她立即赶到那个科室，首先摸清了那位年轻党员的情况，得知此人是从某大学入伍的毕业生，平时就好琢磨个事，辩论个理儿。

于是，尚秀花径直来到单身干部宿舍，见到这位年轻党员正要端起盆去洗衣服。

尚秀花寒暄了几句后问："小伙子，知道我想同你谈什么吗？"

"你们不就是想抓起我来吗？"那位年轻党员一点不怵，"我倒要看看，党中央一再讲要加强科学、法制、民主，到底真假如何！"

"谁要抓你呀！抓你干啥？"尚秀花哈哈大笑，拍了一下那位年轻党员的肩膀，"走，端上你的盆，我跟你一道洗衣服去！"

于是，尚秀花副主任和年轻的党员，心平气和地一边洗衣服，一边交流开学习理论的体会。

尚秀花一气呵成地阐述完自己的看法后，平和地问："小伙子，你看是不是这么个理儿？"

果然，这个很"各色"的年轻党员，被尚秀花这一番严密的逻辑"镇"住了。他终于瞪圆着眼睛说："尚主任，我平时轻易不愿认输，但今天我彻底服了！"

凡常做思想政治工作的人，都会有这样的体会：说理的过程，首先是一个自身的认识不断深化的过程。

还有一对年轻夫妻本来好好的，后来不知怎地产生了矛盾。尚秀花通过谈心一了解，原来这年轻夫妻中男方是北方人，女方是上海人——一个十足的越剧戏迷。她小时候也曾经不理解，一些中老年人为什么那么喜欢听戏？每回看到他们将电视调到戏曲频道，一会儿越剧，一会儿京剧，就觉得烦，拖声拖调地听不明白荧屏上的人物在唱什么，奇怪大人们为什么能听得笑眯眯的。渐渐长大了，有一天她惊觉自己的嗜好发生了改变。从前喜欢的东西突然不喜欢了，从前不喜欢的反而找到了感觉。岁月帮她在不同的时间，推开了不同的门。有一天她走着走着，突然猝不及防，耳朵里灌入一股乐声。那个刹那，她的一颗心快跳了出来。直觉告诉她，那就是越剧啊！她循声而去，看到一群中老年人正在自娱自乐表演越剧呢！虽然她一时听不太懂，但是毕竟感受到了江南别样的风情。她记住了这群坚守在传统戏曲领域的老人们。虽然他们没有演出的华服，弹唱得也许也不够专业，可他们一颗颗快乐沉浸的心，足以将她感染。越剧电影《红楼梦》恢复上映，她一连看了十几遍，平时只要有新戏可看，都会义无反顾地前往。有如此的妻子，家庭生活可想而知，男方常常因女方忙于看戏而吃不上饭。他内心十分矛盾，他喜欢酷爱越剧的妻子，感到偶尔听她唱起各种有板有眼的流派唱腔，也不失为一种享受。但夫妻过日子，毕竟过的最多的是衣食住行，不是梨园生涯。摊上这么个戏痴妻子，日子怎么过呢？小夫妻俩难免经常为此而烽烟四起。

尚秀花了解到小伙子的这般苦恼，感到能够理解，但又觉得女方酷爱戏曲，对传播艺术形式喜爱也难能可贵，"只是人生如戏、戏如人生的位置要摆正啊。"尚秀花有针对性地说，"巧得很，我虽然是北方人，但也觉得越剧好听。改天我上门去拜会你妻子，交流交流欣赏体会。"女方听说书记也有同样的爱好，特别是听说她要来拜访，十分兴奋。尚秀花由《红楼梦》《梁山伯与祝英台》等几出剧目谈到人生，谈到著名演员王文娟和孙道临的恩爱生活，谈到"出彩的戏就是在演绎生活中的真善美"。两人谈得融洽，尚秀花顺手帮助这年轻妻子整理起房间，告诉她："有了好的生活，才有好的精神状态，戏如人生，人生如戏就是一种境界。"此后，尚秀花和这对年轻夫妻常来常往，年轻的女方仿佛变了个人似的，兴趣、家务两不误。小伙子脸上也露出久违的笑容，学着《红楼梦》贾宝玉的唱腔与妻子打趣道："林妹妹呀！你来迟了。"

同志们听说了这些，都赞扬尚秀花是不计名利、一心为工作的好党员、好书记、好干部。

尚秀花在读上海大学研究生期间，负责教学的钱老师对她说："我们准备将学员们写的论文编辑成一部论文集出版，我就担任主编吧，想请你担任副主编。"

尚秀花听后回答："谢谢你的好意与关心。但我认为还是请咱们第二军医大学训练部的副部长李静同志担任副主编为好，因为她任《医院管理》杂志编委，又分管大学的教学与医院的管理，更有说服力。"

有些人听说了，禁不住对尚秀花说："唉，你真傻……"

然而尚秀花却认为，这样做自己心里踏实。

2000年10月的一天，尚秀花从报纸上看到一则消息，内容是中国科学院心理学研究所的心理学人才培训计划。那消息中开篇就写道："中国科学院心理学研究所是全国唯一的国家级综合性心理研究机构。科研机构办教育的最大优势是不断将新的科研和实践成果迅速地转化为教育手段，编写成教材，从而保证教学的高质量和先进水平。我们所50年代开始设医学心理研究室，80年代面向社会培养医学心理人才，90年代设心理咨询与治疗专业，培养此专业人才近万人，服务于医院临床心理和咨询热线，收到良好效果。"

紧接着，详细介绍了培训计划。

尚秀花立刻被吸引住了。

她在医院工作，接触的病人渐渐多了，遇到的问题也越来越多，有些问题一时找不到答案，她就找来一些心理学的书看。她十分喜爱这门科学，经过学习理论，又做了些调查研究，认识到部队和社会上一些人心理不平衡，有怨气，是多方面因素造成的，作为一名医务工作者，有义务、也有权利宣传心理学知识，以助人解决问题，使人人都身心健康，在愉快的环境中生活、工作。她想："随着年龄的增长，学习和研究应该有一个重点方向。这样精力才能集中，研究也才能做得更深透。不能东一枪西一枪，什么都学一下，结果什么都仿佛蜻蜓点水。"

这项函授虽然教学点设在武汉，但那里只管报名，实际上多数内容是自学，有些辅导课是在北京。尚秀花的脑子里立刻闪现出一个新的念头——自己要通过参加考试，进这个进修班的学习。

心理学这个名词尚秀花过去听说过，但直到此时才确切地知晓它是一门研究人类心理现象及其影响下的精神功能和行为活动的科学，兼顾突出的理论性和应用（实践）性。它包括基础心理学与应用心理学两大领域，其研究涉及知觉、认知、情绪、思维、人格、行为习惯、人际关系、社会关系等许多领域，也与日常生活的许多领域——家庭、教育、健康、社会等发生关联。心理学一方面尝试用大脑运作来解释个体基本的行为与心理机能，同时，心理学也尝试解释个体心理机能在社会行为与社会动力中的角色；另外，它还与神经科学、医学、哲学、生物学、宗教学等学科有关，因为这些学科所探讨的生理或心理作用会影响个体的心智。实际上，很多人文和自然学科都与心理学有关，人类心理活动其本身就与人类生存环境密不可分。心理学家从事基础研究的目的是描述、解释、预测和影响行为。应用心理学家还有第五个目的——提高人类生活的质量。这些目标构成了心理学事业的基础。

尚秀花一方面竭心尽力地做好长海医院医教部的工作，一方面用业余时间开始了对心理学的学习。在这方面，上海工人的工匠精神和创新思维，对她的学习和钻研，也起了难以想象的作用。她渴望能通过系统学习和院校的优良环境，把自己的业务能力大幅度提高。

亲友们得知后又惊又喜。他们高兴的是尚秀花没有停滞前进的步伐；担忧的是她这样做会不会付出大量时间、精力却收获不到相应的成果？

也有人置疑：你研究生学历都获得了，而中科院心理研究所的心理与咨询和组织关于心理学专业的函授，毕业了只能再取得两门大专文凭，有没有意义？

尚秀花没有被亲友们喜忧参半的心理左右，也没有一心为了获取什么文凭，而是为了多做些有意义的事情，一如既往地努力着、实践着。她喜欢一心一意做事的感觉。

有些同事发现，尚秀花由于热衷心理学的学习，心地也变得越来越好。

有一次，她和一位同事去外地开会，将要离开时，遇到一件不愉快的事。

他们背着大包小包，站在路边拦出租车去地铁口。等了十来分钟，没见一辆空车。这时，一辆小三轮车停在他们身边，开车的是个四五十岁的男子，一脸的尘土与风霜。

尚秀花问他："去地铁口多少钱？"

那男子答："15元。"

同事说："打出租车才13元，你怎么比出租车还贵，不坐了，你走吧！"

小三轮车司机狠狠地瞪了他们一眼，在发动车要走的一刹那，扔给他们一句粗鲁的国骂。同事立马火冒三丈，正要骂回去，尚秀花却叹息一声："可怜的人！"

　　同事问："他骂我们，你为什么不还嘴，还说他可怜？"

　　尚秀花说："这个人今天一定是遇到了不开心的事，然后借机撒气，自然可怜了。"

　　同事想想，道："也是。"

　　尚秀花接着说："你永远不会知道，一个偶遇的陌生人，到底刚刚经历了什么。他冲你笑，也许是刚添了胖孙子，刚摸了一桌好麻将，老婆刚给他买了新背心……他冲你怒，也许是刚被老板骂了，或者刚丢了钱包……所以有时候，人家骂你，说到底，你只是一个情绪的接棒者。唉，人在世上混，是件多么不容易的事！"

　　同事见尚秀花如此豁达、善良，此后更对她刮目相看——她看问题的角度时常与众不同——常常不把别人当坏人，心里总是开满鲜花。

　　尚秀花用心理学的原理分析说："评判一个人、一件事的好坏，有时全在于自己的心态。有句话叫'你美好，世界就美好'。因此我们看人、看事，有时候，不妨换个好的角度。有时我们内心的平静和我们在生活中所获得的快乐，并不在于我们身处何方，也不在于我们拥有什么，更不在于我们是怎样的一个人，而只在于我们的心灵所达到的境界。"

　　与尚秀花比翼双飞的是，郭旭恒在领导岗位上工作也有声有色，2002年还被选为党的十六大代表。

第16章

由于工作需要，2003 年 11 月，郭旭恒从第二军医大学政委平调到解放军总医院担任政委、党委书记。2004 年 4 月尚秀花也随之调回北京，被安排到总后勤部管理局所属的第一门诊部担任副主任。

从行政级别上讲，这只是一个副团职的岗位。一些朋友打趣地问她："秀花啊，你这个副师级干部，怎么上次调上海，降成了正团（长海医院医教部副主任）；这次调北京，又降成了副团，官越当越小啦？"

尚秀花仍然只是淡淡一笑，平和地说："我可没想那么多。我只记得毛主席说过'我们共产党人不是要做官，而是要革命'。"

经历过来回的调动，她更加努力勤奋地工作。工作的繁忙和操劳，使她两鬓开始长出了白发。她确实心无旁骛地把心思和精力放到了要"做一些事情"上。

到北京不久，尚秀花就向总后勤部管理局卫生处的张传谋处长建议："我现在正在参加中科院心理研究所的函授学习，深深感到心理学对部队建设的意义。我想，我们卫生处是不是可以到有关部队搞一些心理学的调查、研究。"

"你这个建议好啊！"张传谋爽快地回答，"我也曾经有过这样的想法，只是没有懂行的人来搞。你就干吧！我支持你。"

说干就干。在领导的支持下，尚秀花等在总后第一门诊部三层东头布置了几间房子，挂上了牌子，取名"心理咨询室"。

这段经历使她深刻体会到，在长长的人生里，要尽可能多地经历，尽可能多地感受，尽可能多地欣赏，才能将生命丰富、丰盛、丰满。无论在什么样的工作岗位，即使是原来不熟悉或不期望的岗位，只要全力以赴地投入，总会有所收获。

说起团队，很多人脑海中或许会出现这样一幅幅画面：倾巢而出的蜜蜂，排着长队搬家的蚂蚁，队形整齐南飞的大雁，配合默契、伺机进攻的狼群，成群结队过草原的羚羊、斑马，排队过河的野牛、大象，在海洋中快速游动的鱼群等等。这些集体行动的动物，在有经验的头领带领下统一行动。它们在过河、迁移、长途跋涉中，尽可能动用集体的力量，到达理想的目的地。

人类或许正是从这些动物身上学到了群体生活的长处，所以不管是在古代，还是当今社会，都非常重视群体和团队的力量。

团队的力量来自何方？它不是天然形成的，而是需要领导的带头，有意识地去培养每个成员的责任心，树立相互配合，相互支持的团队精神和群体合作意识才能形成。

尚秀花就是从"心理咨询室"中看到了团队力量的伟大。大家只要聚到一起，就会七嘴八舌地讨论、争议，在犀利的质疑批评中，时而碰撞出敏锐的新见。这种积极互动的热络氛围深深地感染着每个人。年轻同志带给尚秀花活力，使她感到自己变得"年轻"。能把自己的生命融入心理学的实践与传播，她感觉愉悦而充实。

尚秀花知道自己"半路出家"，学术生涯起步较晚，因而时时感觉到前辈师长的勉励与扶掖，感觉到同辈友朋的支持与推动，感觉到后辈同事、学生青出于蓝的"倒逼"，也感觉到亲人们的理解与期待。她唯一能够告慰大家的，是在学习、实践的路上"如履薄冰"，从来不敢苟且。

他们这个团队，调查、研究和讲课的单位部队，有机关，有干休所，有医院，有研究所，还有幼儿园、街道等。

尚秀花不厌其烦地向干部、群众提供心理咨询，虽然很辛苦，占用了自己的许多时间，但看到能够帮助他人解决他们自身的认识问题，感觉十分欣慰。

2006年9月，总后勤部卫生部保健办公室要在第二军医大学办一个全军保健医学专业委员会会议暨保健管理骨干心理学培训班，全军各大单位的保健办主任悉数到会。总后勤部卫生部保健办第一个就想到请尚秀花讲课。

于是，尚秀花又乘上返回上海的列车。

她讲的第一课内容是"社会支持对老干部心身健康的促进研究"。

上海杨浦区翔殷路第二军医大学的一间大讲堂里，尚秀花侃侃而谈：我们这项研究是要分析社会支持对军队后勤老干部心理健康的影响，为改善老干部生活质量、增进心理健康提供依据。其方法是——应用社会支持评定量表（SSRS）和症状自评量表（SCL-90）对306名军队后勤老干部心理状况进行测试比较。结果说明受试者的社会支持总分与症状自评量表的强迫、人际关系敏感、抑郁、阳性项目均分呈显著的负相关；不同的社会支持等级的抑郁因子的得分存在差异，社会支持等级较少者的抑郁因子分数要显著高于社会支持等级为一般和较多者；受试者的年龄与社会支持度之间存在负相关关系。结论是良好的社会支持能促进军队老干部的心理健康。

她讲的这一课在全场引起强烈反响。人们分明听到了一种生命要求焕发更大活力的昂扬而深沉的声音！与会的全军各大单位的保健办主任和学者、专家、学生群中出现小小的骚动。因为这报告中所阐述的，确实是一个颇富创见的崭新命题。他们不能不感到强烈的惊喜与欣慰，纷纷用惊奇、热情的目光看着讲课人尚秀花。

第二军医大学卫勤教研室主任张鹭鸶教授，听了尚秀花的讲课满心欢喜。她对尚秀花说："秀花啊，真是'士别三日，当刮目相看'。你讲的这些内容可以申请报奖呀。"

"报奖？我可从来没有考虑过呀。"

正巧，第四军医大学空军医学系心理学教研室主任苗丹民及其学生、第四军医大学西京医院药房药师石茹正在旁边。

他俩听了主动对尚秀花说："尚主任，我们告诉你怎么准备报奖材料。"

结果，尚秀花与他俩都成了很好的朋友，合作研究了不少项目，写了不少论文。她的逻辑思维十分清晰，文字表达也十分流畅。

2006年1月，郭旭恒被调到总后勤部政治部担任主任、政治部党委书记、总后勤部党委委员，2007年又被选为党的十七大代表。他对尚秀花的心理学研究有很多关心与鼓励。

也就是在这段时间，尚秀花经考试合格，取得劳动和社会保障部颁发的二级心理咨询师证书，并与总后勤部机关第二门诊部的副主任医师张一民和李博、总后机关第一门诊部的副主任牛发祥、总后北京离休干部管理处门诊部的主治医师李洪春和主管护师马燕、总后管理局的主治医师王铁权、第四军医大学心理学教研室的教授苗丹民和第四军医大学西京医院的副主任药师石茹，联袂研究了课题"军队离退休干部心理健康评估标准及多元化保健体系"。

2007年10月，尚秀花（左三）同总后机关心理健康维护小组成员，李洪春（右一）、牛发祥（左一）、马燕（左二），到部队调查情况，宣传心理健康知识，做心理健康咨询

这无疑是一个很有现实意义的研究课题。

因为我国从1999年开始，到眼下，已经进入老龄社会，65岁以上人口超过了1亿人，占人口总数的7.69％；60岁以上人口达1.44亿人，占人口总数的11.03％；平均寿命达71.95岁。预计到2020年，老年人口将达2.48亿人，老龄化达17.17％。人口老龄化使社会面临严峻挑战。

随着社会生活飞速发展，人们的心理压力也不断增加，心理问题日益突出，心理疾病逐年上升。特别是老年人由于生理状况和社会家庭生活的剧烈变动，使得其精神心理问题尤为突出。军队离退休干部作为一个特殊群体，由于长期工作在军队这一高应激的特殊环境下，所面临的心理卫生问题显得更为突出。尚秀花等对总后勤部 2600 名离退休干部的调查表明，平均每人患 2 至 5 种疾病，35% 的患有严重群体疾病；8.7% 的人丧偶，遗属占 37%，空巢为 44%，30% 至 40% 的人有明显的心理问题。

故系统研究军队离退休干部心理健康评价标准，完善评估手段，探索有效的心理保健措施，对于维护军队离退休干部心理健康水平，提高生活质量，延长寿命具有重要的现实意义。所以，系统探索军队离退休干部心理活动特点，建立心理健康动态监控和评价方法，寻找心理教育和心理危机干预途径，提高生理心理健康整体水平，是摆在军队医疗保健工作者面前的重要课题。

尚秀花等的研究，有思想，也不乱想，采用了心理科学、社会科学、管理科学、统计学和计算机科学等多学科研究方法，涉及文献再分析、心理测验、计算机辅助测验、德尔菲专家评估和个案分析等技术，系统地开展了 4 个方面的研究工作：

一是探索军队离退休干部心理活动特点并提出感受 – 感悟 – 支持评估理论；

二是建立军队离退休干部心理检测系统标准；

三是验证军队离退休干部心理保健措施的效果；

四是构建军队离退休干部多元化心理保健模式。

围绕这 4 个方面的研究，课题组成员写出了几十篇论文。其中尚秀花为第一作者的论文分别发表在《解放军医院管理杂志》《解放军保健医学杂志》等多种刊物上，产生了较大的社会影响。

遇到感觉因身体疾病、家庭矛盾而有压力的老干部，尚秀花就跟他们谈心解惑："压力对于我们生理上的影响有：心跳加快，口干、口渴，感觉兴奋、紧张，手心、脖子或者身体的其他部位冒汗，胃感觉不舒服、腹泻、呕吐，吃得太少或者太多、有问题的睡眠等等。压力对于我们心理上的影响有：忘记事情（例如一些问题的答案），感到情绪不佳或失控、易怒、容易哭泣等。压力对于行为造成的影响有：发脾气、做伤害他人的事情，和亲近的人吵架等。当以上情况经常出现的时候，你要意识到你有可能处在高压力之下。当然，并非所有的压力都是有害的。事实上，很多人相信，我们人类必须经受适度的压力才能保持健康。我们的身体既需要生理的平衡和平静，也需要一定程度的生理唤醒，以保证很多器官处于最佳的功能状态，包括我们的心脏和肌肉骨骼的系统。也就是说，适度的压力才会变成动力，而过度的压力则会变成阻力，甚至是深深的伤害。那么，当我们遇到超过了自己承受能力的压力的时候，我们应当怎么办呢？心理学家发现，一个人在遇到事件的打击时，如果有他人的关心，那么他的抗压能力就会提高，不至于造成不良反应……"

2006 年的一天，尚秀花走进京城一条深长的街巷。百般寻觅，把书稿送到出版社编辑室主任处。

戴有深度近视眼镜、颇具学者之风的主任正用毛笔在一部稿子上涂涂改改。他十分热情。他很快就看完 30 多万字的《老年人心身疾病防治》的初稿，提出意见请尚秀花继续修改。

尚秀花晓得编辑工作不简单，既辛苦又责任重大，而且是"为人作嫁"。作者们送来的稿件，有些还字迹潦草，很费编辑们的精力。

尚秀花和编辑们配合得很好。磨出一本好书的过程是艰苦的，也是快乐的。又经过一番努力，2007 年 12 月，尚秀花和张怀明主编的《老年人心身疾病防治》一书由出版社正式出版。这部书遵循科学、严谨的精神，内容全面、系统，着重于老年人在心理保健方面的特色和优势，概括了老年人心理保健的最新知识。全书深入浅出，具有较高的科学性、知识性、普及性和实用性，不仅可以作为老年人自我心理保健的自备书，也可以指导基层医务人员，作为医疗保健的参考书。

总后卫生部科训局特别批准他们关于军队老干部心理健康的研究呈报军队科技进步成果奖。

2008 年，尚秀花为第一作者的"军队离退休干部心理健康评估标准及多元化保健体系"研究取得军队科技进步二等奖。

第 17 章

北京奥运会和残奥会，是 2008 年全世界都瞩目的一件大事。

曾担任了 21 年国际奥委会主席、观看过 1952 年赫尔辛基奥运会之后每一届奥运会的萨马兰奇，由衷地称赞："北京奥运会是目前我所看过的所有奥运会中最好的一届。"

尚秀花原本不是"体育迷"，但在 2008 年，却因心理咨询和辅导工作的需要，参加了整个奥运会和残奥会。

为了更好地"援奥"，尚秀花首先做了"功课"。真是不了解不知道，一了解还确实吃惊不小：

中国的"奥运情结"可谓源远流长——

1991 年，北京首次提出举办奥运会申请。

2001 年 7 月 13 日，国际奥委会第 112 次会议上，中国取得 2008 年奥运会主办权。世界选择了北京、选择了中国。

何振梁先生在国际舞台上进行申奥陈述时，曾经说过这样的话："主席先生、国际奥委会的委员们，无论你们今天做出什么样的选择，都将载入史册。但是只有一种决定可以创造历史……如果你们把举办 2008 年奥运会的荣誉授予北京，亲爱的同事们，我可以向你们保证，7 年之后，北京将让你们为今天的决定而自豪。"

那一天，北京沸腾了，中国沸腾了。北京的长安街上，灿烂的华灯全部绽放。歌声、笑声、欢呼声此起彼伏。中华民族的奥运之路，折射出的就是我们民族兴衰的沧桑历史。

在这一年的整个奥运会和残奥会期间，尚秀花一直关注着承担奥运会和残奥会运输任务的官兵。她把他们的心理健康保障，当作了自己不可推卸的职责。

这次支援北京奥运部队心理健康的教育与维护，有第二军医大学和第四军医大学心理教研室同志参加，但是主要工作是由机关门诊部的人员来做的。

上级分配给他们进行心理健康教育维护的人员有交通运输保障大队、医疗保障队、"三防"医学救援队和"红伞女"表演队。

那段时间，尚秀花每天晚上回到家里，脑海里走马灯般转的还是如何做好支奥心理健康教育与维护方面的事。她感到面对百年一遇的难得时机，如果不做点什么，太不应该。

2008年3月20日，解放军总后司令部管理保障局成立了"支奥部队官兵心理健康维护组"，由尚秀花担任组长，张怀明担任副组长。

3月27日，解放军总后勤部卫生部向全军发出通知，指出："为保障全军支援北京奥运官兵的心理健康，做好各种情况下心理干预工作，确保全军支奥工作的圆满完成，决定成立全军支奥官兵心理健康维护专家组，对全军支奥官兵开展心理健康维护工作。""主要以派出专家组巡诊的方式，运用现代心理学理论和方法，实施心理测评、健康维护和应激干预。"

总后卫生部科训局的程旭东副局长特地来到管理保障局门诊部尚秀花的办公室，郑重其事地对她说："北京奥运会是我们多少代人的梦想，如今终于变成了现实。这是咱们中国人的骄傲。咱们军队支援北京奥运会的热情十分高涨，都愿意为奥运会的成功举办做出贡献，特别是后勤运输、红伞女等交给部队的项目，唯恐工作做不好，怕出失误，给党和国家造成负面影响，心理压力大。咱们一定要把每一位支奥人员的心理压力变成动力，圆满完成任务，千万不能有闪失啊。"

尚秀花感到领导机关对这项工作既重视，也同样存在着重大的心理压力。她坚定地表态："我们有做好老干部心理健康的经验，有一支既能做生理保健，又会做心理疏导的专业队伍，还有一套新研制的十分科学的心理测评软件，有信心、有能力，一定要每一位支援北京奥运会的指战员高高兴兴地来，愉愉快快地工作，圆圆满满地完成任务。"

管理保障局的卫生处长也表示："我们全力以赴，从医疗、药品、器械到心理保健，全方位服务，一定不辜负首长和领导机关的期望。请看我们的实际行动吧！"

程旭东副局长原先有些紧张的面孔，这才露出笑容。

4月3日，尚秀花带领支援北京奥运部队心理健康教育与维护的人员，随总后勤部有关领导参加了交通运输保障大队的成立大会。

清一色的小平头，一样的庄重神情，一样的期待眼神，一样的标准坐姿……这是她参加交通运输保障大队开训典礼时面对1200余名奥运会运输保障志愿者时最直观的感受。

不久前，他们中的任何一个人都不知道自己的人生会与奥运有直接的关联。而如今，当他们经过层层遴选而一起坐在奥运会交通运输保障大队动员现场时，他们中间的绝大多数人还彼此完全陌生。

4月14日，尚秀花带领支援北京奥运部队心理健康教育与维

2008 年 4 月，尚秀花为支援北京奥运的部队官兵上心理健康课

护的人员，首先对奥运会交通运输保障大队这第一批奥运志愿者
进行了全方位的心理测试。

他们派出主试人员 18 人，发放心理测试量表 1 千套（收回了
988 套）。经测试、统计，发现 5% 的官兵心理压力较重。在向大
队领导及时反馈了测试、统计结果后，他们为每位参与心理测试
的人员建立了心理健康档案，为后期的心理健康教育奠定了基础。

尚秀花等对测试中发现的 14 名（其中 3 名因各种原因已经退
回原单位）心理健康状况不佳的人员，及时与大队取得联系，通
过随队心理医生，以"听取医疗卫生需求"的形式，与他们一一
进行了面对面访谈，既准确地了解了他们的心理状况，又打消了
他们可能存在的顾虑。同时利用访谈的机会，开展了有效的心理
咨询，较好地解决了他们的心理问题。

对有些人员因心理压力过大，无法适应所担负的任务，不得
不离开了直接支援奥运的队伍，尚秀花感慨地对进行心理健康教

育与维护的同事们说："这 10 余人显然是经过层层遴选才走到支奥队伍中来的。没有把握好这样的机会，对他们来讲，不能不说是一件很遗憾的事情。"

此后，这 1200 余名奥运会运输保障志愿者将被进行严格的综合训练，在各国运动员进驻奥运村前夕，正式执行奥运会的运输保障任务，直到残奥会结束。

尚秀花等根据心理测试中发现的问题，在 4 月、5 月、6 月中旬，分别开展了 3 次题为"军人心理健康""心理健康与团队精神""弘扬人文精神　促进心理健康"的针对性心理健康讲座，用通俗易懂的语言向官兵们介绍了"心理健康的标准""常见心理问题的表现""团队精神在维护心理健康中的作用""人文素质对心理健康的影响"等内容，提高了官兵对心理健康的认识，既宣传了心理卫生知识和心理防护常识，又消除了官兵对心理健康的误解，形式活泼，效果良好，深受好评。

尚秀花在讲授"军人心理健康"专题课时，以丰富的临床与保健工作经验、扎实的理论功底、独到的见地、朴实的语言、精彩的辅导，从什么是心理健康、心理健康的标准、心理健康的重要意义、如何维护心理健康等几个方面，用古今中外重视心理健康的鲜活事例和我军外军运用心理战的成功战例，引导指战员要强健身体素质，心存坚定信念，具备顽强意志，沉着应对困难，保持积极心态。她紧密结合支奥任务特点规律，讲述了心理健康对支奥的重要意义——从自我调节上讲，有利于保持好的心态和情绪，以高度的责任感面对支奥任务；从与人相处上讲，有利于保持好的人际关系，互帮互助，携手履行支奥职责；从完成任务上讲，有利于保持积极上进的政治热情，出色完成支奥保障；从管理教育上讲，有利于保持部队正规秩序，确保高度稳定和集中统一。

尚秀花的讲课博得了广大指战员的热烈掌声。大家纷纷表示听后获益匪浅，对调节心情帮助很大。

总参谋部第三部后勤部领导闻讯，还专门打报告给总后勤部卫生部，强调总参三部除了承担奥运会情报保障任务外，还根据全军和总参谋部的部署，抽组了301名外语人员和12名带队干部，负责奥运会语言翻译任务。因抽调人员多，时间跨度长，支奥人员心理压力大，心理健康维护需求强烈。因此特别请求派尚秀花等组成的专家组4月底赴总参三部支奥人员培训地外国语学院，进行心理测评、健康维护和应激干预。

于是，尚秀花等组成的专家组在4月28日对支援奥运会的洛阳外国语学院翻译队的266名人员，进行了"心理健康与生活"的心理健康讲座，宣传心理健康知识，进一步振奋了部队士气，缓解了紧张情绪，打消了参检人员不必要的顾虑。在此基础上，他们采用计算机测验形式进行了智力、人格与心理健康测评。同时还对总参三部直属单位的心理咨询师代表20余人进行了培训。

这次活动共动用计算机266台，分2个检测室同时展开，最终获得266人的有效数据。通过这些步骤，发现了有心理问题的人员，为下一步心理干预明确了对象，提高了心理保障的针对性。

按照一般临床标准，语言翻译分队的心理状况较好，但仍然有近四分之一的人员临床筛选呈现阳性。这主要是由于支奥任务所带来的正常的心理应激反应，主要的应激源是支奥任务责任重大、训练强度大、考核心理压力大、训练要求严格等。其中较严重者以强迫、人际关系敏感、敌对、偏执为主要症状，具体包括反复检查、放心不下、人际敏感、敌意增强、固执、偏激等。

通过以上步骤，他们建立起人员心理档案，并将"心理健康不佳者"和"不良人格者"名单提供给领导机关，在平时训练、生活中多留意，对 14 名"重点保障人员"重点观察，每月进行一次测评和心理咨询，对集训期间心理健康状况改善不明显的"心理健康不佳者"以及奥运会前夕最后一次评估仍有明显心理问题者提出心理学方面的建议。

考虑到奥运会交通运输保障大队医疗设备简陋，医疗力量不足，又地处偏僻、官兵医疗不便的现实，以及进入夏季蚊虫较多的情况，尚秀花等利用自身便利条件，在 6 月 14 日派出医疗人员 25 人，携带心电图仪、B 超机等医疗器械，设置了内科、外科、五官科、心电图、B 超等专科，为 1 千多名指战员进行了医疗巡诊。同时还给大队指战员赠送了防暑降温、感冒退热、腹痛腹泻、皮肤外伤等 11 大类 30 种 3 万元的常用药品；赠送了 200 套灭蚊器、灭蚊药片，及时解决了指战员生活中的实际问题，减轻了他们的心理压力。

由于支奥交通运输保障大队的指战员训练强度大、学习任务重，指战员普遍存在着较大的心理压力，尚秀花等便与随队心理医生紧密联系，为他们提供信息、物资等各种支持。利用他们与指战员朝夕相处、能够及时了解指战员心理变化的优势，为指战员开展心理咨询活动。

2008 年 6 月，尚秀花和张怀明主编的《支援奥运部队官兵心理健康手册》一书由出版社正式出版。它及时地发行到支奥志愿者手里，可谓雪中送炭。

7 月 18 日，几辆汽车来到位于南口的一处训练基地，停在停车场上。尚秀花第一个跳下车，环视四周，那儿已经聚集了一些人。

她心情激动地听到，交通运输保障大队的大队长姬成录少将在动员大会上代表全体队员表示，他们已经做好准备迎接最为严格的训练，对在奥运会和残奥会期间为来自世界各国的奥运健儿及相关人员提供高质量的运输保障服务充满信心。

汽车运输保障大队的任务有两部分，一是大车运输，主要是运输场地的草坪；二是小车运输，车辆司机各1000辆人，主要是保障参加运动会各个国家要人用车。这些司机还要学习国家的外交礼仪与风俗习惯及简单用语。

尚秀花见到姬成录讲话间不时双手抚腰，一问知情人，才晓得他是曾经长期工作在高原的青藏兵站部前部长，不久前才提升到后勤学院任副院长，这次又成为一个"兵头儿"。他肯定是腰有扭伤，为了不影响工作，一直坚持着。

根据总后勤部支奥办公室的安排，尚秀花为1000多名指战员讲了"军人心理健康与维护"的专题课。她以丰富的临床与保健工作经验，讲心理健康，目的是引导指战员心存坚定信念，以良好的心态服务奥运。

尚秀花在与一些驾驶员交谈时，还特别剖析了心理学中的"路怒症"。

她说：交通堵塞、其他人不友好的驾驶行为等会给驾驶员带来压力，引发一系列生理反应，例如增强身体的力量，减少对四肢的供血以应对可能的危险等。若还改变了驾驶员的精神状态，使其被激怒甚至出现暴力行为，则这种反应就是典型的路怒症。

路怒症被认为是美国交通事故的第一大元凶。在我国，随着私家车的数量快速增长，路怒症也逐渐成为一个热词。近年来，多起与路怒症相关的案例在社交媒体上引起轩然大波。例如，某省会城市一司机因强行变道导致与后车司机互相斗气进而互相追逐进行危险驾驶，被后车的司机逼停并被殴打致伤。打人的司机最后以故意伤害罪被判处有期徒刑8个月。事后该司机表示："自己一时冲动，铸成大错，感到非常后悔。"

早知如此，何必当初？路怒症产生的根源在于情绪管理问题。社会心理学家费斯汀格曾提出一个被称为"费斯汀格法则"的理论，认为生活的 10% 是由发生在你身上的事情组成，而另外的90% 则是由你对所发生的事情如何反应所决定。亦即，生活中有10% 的事情是我们无法掌控的，而另外的 90% 却是我们能掌控的。费斯汀格为此举了如下一个例子。

　　卡斯丁在早上洗漱时把自己的高档手表放在洗漱台边。妻子担心表被水淋湿，就顺手拿过去放在餐桌上。儿子起床后到餐桌上拿面包时，一不小心将手表碰到地上摔坏了。卡斯丁心疼手表，就打了儿子的屁股，然后冷着脸骂了妻子一通，结果引起夫妻间的激烈争吵。卡斯丁一气之下就直接开车去了公司。快到公司时，卡斯丁才记起忘了拿公文包，于是又马上开车回家。可是家中没人，卡斯丁只好给妻子打电话要求其回家开门。妻子在急匆匆赶回来时，撞翻了路边一个水果摊，不得不赔了一笔钱才离开。待拿到公文包返回公司时，卡斯丁已经迟到了 15 分钟，从而挨了上司一顿严厉的批评。下班前又因一件小事，他跟同事吵了一架。妻子最后也因迟到被扣了当月的全勤奖。儿子当天参加棒球比赛，由于心情不好导致发挥不佳被淘汰。

　　在这个事例中，手表摔坏是其中的 10%，而后面发生的一系列事情就是另外的 90%。由于当事人没有很好地掌控另外的 90%，导致这一天成为闹心的一天。如果卡斯丁当初能换一种反应，例如安慰儿子"手表摔坏了没事，修修就好了"，那么大家的心情都不会那么糟糕，随后的一切很可能就不会发生。

　　回到上面的路怒症案例，如果打人的司机当初认为前车行驶变道只不过是一个技术不佳的驾车新手的不当之举，并非有意和自己作对，那么就释然了，根本不会出现后来的互开斗气车乃至大打出手，以致陷入牢狱之灾。是的，情绪并不是由某一诱发事件本身直接引起的，而是由经历这一事件的个体对事件的解释和评价所引起的，这正是由心理学家埃利斯提出的情绪 ABC 理论的洞见。因此，我们应该坦然面对生活中的随机事件，保持良好心态，有效管理情绪，这样很多事后追悔莫及的事情就不会发生了。

第18章

接着，尚秀花又带领支援北京奥运部队心理健康教育与维护的人员，多次来到解放军总医院。

作为第29届奥运会和残奥会的独家定点医院，解放军总医院承担的医疗保障任务是：

一、作为奥运定点医院，提供门急诊诊断治疗、收治住院以及安排转院等医疗服务，承担五棵松场馆群、老山场馆群、丰台场馆群、石景山训练馆、奥运村等转运伤病人员的医疗救治任务。

二、组建全军支奥医疗服务队，承担五棵松场馆群、老山场馆群、丰台垒球馆、北体大训练馆、首师大训练馆等奥运会训练和赛事医疗保障任务，参与奥运会、残奥会奥运村综合诊所医疗服务和10个奥运会竞赛场馆、8个残奥会竞赛场馆的兴奋剂检测工作。

三、在奥运会、残奥会开闭幕式上承担主席台贵宾、国家体育场（鸟巢）五六层看台和奥林匹克公园公共区15个医疗点的医疗保障任务。

四、作为北京市突发事件的应急响应医院，常备一支18人组成的战备医疗队，承担奥运会、残奥会期间应急收容伤病员的任务。解放军总医院的 304、309 临床部承担北京市烧伤救治基地、创伤救治基地和传染病救治基地的应急保障任务。

五、以解放军总医院为主体，组建一支"红伞女"队伍。

也就是从这个时候起，这支刚刚从汶川抗震一线返回、由精兵强将组成的支奥团队就进入全负荷运转的倒计时。

这支 218 人组成的团队是从全院 4000 多名医务人员中精挑细选出来的，还经过个人自愿报名、党支部初选把关、临床部党委考核推荐、政治部严格审查等程序。这些队员都是医院或所在科室的技术尖子和业务骨干。他们出类拔萃，医德医术非同寻常，有的多次立功受奖，有的成就卓著、被总部授予科技"金星""银星""新星"。可以说这团队本身就是一个星光灿烂的方阵，并且有陈香美院士等 43 名著名专家经特批自愿参与。同时考虑到语言交流的方便，还组建了包括 7 个小语种的服务队随时待命。根据承担的任务特点和赛事容易出现的伤情，对挑选来自外科急救、医疗保健、骨外科、心血管、口腔修复、放射技术、超声诊断等相关科室的医护人员进行科学编组，确保出现伤情能够得到及时有效的救治。

2008 年 7 月 20 日，解放军总医院所有支奥人员全部上岗，正式开始执行奥运医疗保障任务。尚秀花带领的支援北京奥运部队心理健康教育与维护的人员，也及时开始了相应的工作。他们深入各个场馆，利用医疗保障的间隙给大家加油打气，排忧解难，使大家的思想和行动都提升到党和国家所赋予的崇高使命上来。

7 月间，尚秀花带领支援北京奥运部队心理健康教育与维护的人员，跟随总后勤部有关领导专门来看了"红伞女"表演队。

一位扎着小辫的年轻女干部走到尚秀花面前，露出甜美的笑容。尚秀花由于长期在总后工作，到了"红伞女"表演队驻地一看，发现有不少自己或熟悉、或知道的人员。

其中最引人注意的就是迎面走来的王娜。尚秀花认为，她是最适合在这个队伍中的一员。

王娜是从一名普通的舞蹈演员逐步走上编导岗位的。尚秀花作为热心观众，一直关注着她的每一部作品，并喜欢这个小姑娘纯净的心态和默默无闻做大量工作的踏实劲儿。

向"红伞女"表演队队员赠书

尚秀花一转身，又见到来自解放军总医院的王兵。过去，这个小姑娘参加过的一个服装表演节目曾经给她留下过深刻的印象。这次，她是担任"红伞女"表演队的副政委。

看到这总后业余文艺舞台上比较出色的"二王"都在"红伞女"表演队里，尚秀花不由得叹服相关部门在用人上所费的心思。显然，这些小姑娘们都是经过精心挑选才集合到这里。"红伞女"表演队的气氛很活跃。这"二王"，自"红伞女"组队以来，一直在这支队伍里充当大姐姐甚至是妈妈的身份。王兵在半年左右的时间里，只和自己的女儿照过4次面，惹得准备高考的女儿在电话中委屈地说："那些队员都是你的宝贝，我不是……"

在总后勤部卫生部综合计划局的直接领导下，尚秀花所在的总后司令部管理局卫生处会同第四军医大学全国征兵心理检测技术中心的专家共10人，在2008年8月30日对"红伞女"表演队的志愿者进行了心理健康检测和心理辅导。

他们首先采用纸笔形式现场检测，发现"红伞女"表演队总体心理健康状况较好，但分队志愿者的心理健康水平内部差异较大，77人中44人（占57.14%）属于临床筛选阳性，其中有14人症状明显，比较突出的症状主要表现为仪式化的观念和行为增多、人际关系敏感、偏激固执、睡眠和饮食障碍等。由于"红伞女"表演队要参加奥运会开幕式表演，因此应激反应更强烈，应该引起管理部门的关注。

"红伞女"表演队的队员98%以上都受过舞蹈专业培训，有一定基本功，但综合素质差距较大。身兼副大队长、导演助理、演员3职的王娜便和导演韩建东一起，首先按照队员的舞蹈基础情况进行分组分类，每组选出一名综合素质好的队员担任小教员，采取"干部带战士""好的带差的""个别队员一帮一"等办法，收到了很好的效果。队员们说："别看王副队长是个大美女，她的严格和严厉，可是出了名的。"王娜按照坚持精品一流的标准，不仅要求每名队员发型及外观必须整齐统一，对舞蹈动作更是细化到每一个眼神，每一个表情，动作精确到手指尖。

汶川大地震发生后，"红伞女"表演队里的邓洁玉、周丽娜时刻牵动着大家的心。因为大地震对这两名队员的家里都造成了很大的损害。然而，让人们万分佩服的是，她俩的坚强远远超出大家的想象。面对紧张的训练，她俩依然刻苦；面对严格的管理，她俩比谁都懂得服从。尚秀花从她俩身上，看到了什么是坚强，体会到什么是执着。

在"红伞女"表演队的 10 名干部中，有 4 名已经被确定转业。对她们来讲，这将是最后一次代表军队完成任务了。这 4 名干部都面临读书、工作、就业等现实困难，但是困难没有压倒她们。尚秀花在排练厅里，欣赏她们的排练时，根本看不出她们隐藏的心事和面对的一系列苦难。尚秀花在楼道里听到她们深明大义的言辞，对她们的崇敬不禁油然而生。

尚秀花心想，有这样出色的女兵参与"红伞女"表演，这个节目肯定会得到高分。

第19章

那段时间，在"鸟巢"主会场的人们都会发现：广阔的运动场上，开幕式期间还时有高架、威亚、彩砖地面显示屏等各种现代化的"暗道机关"魔方般"破土而出"，尽显风流，第二天却神话般地生出满场绿莹莹的草坪，供各个项目的运动员们驰骋腾跃……而数日之后，这块绿莹莹的草坪又在一夜之间消失得无影无踪，给闭幕式准备出一片展现神奇与辉煌的"净土"……

这时而出现、时而消失的"绿色方舟"的奥秘，谁能说得清？

或许，除了奥组委的有关人士之外，最知情的要属总后勤部的官兵了。就是总后勤部的汽车兵们，一次次地托起"鸟巢"里那片绿莹莹草坪的"绿色方舟"，演出了一幕幕动人的活剧。

独立汽车营的前身汽车5团是一个英雄部队，新中国成立前曾先后参加过辽沈、平津、渡江和解放海南岛的战役，执行过党中央由西柏坡搬迁北平的运输任务。新中国成立后，它参加过抗美援朝、西藏平叛、边境作战等战斗及首都10大建筑的施工、运送群众接受毛主席检阅、唐山抗震救灾，以及首都人防工程施工、向灾区运送救灾衣被、为总部向亚运会赠物等一系列重大任务，多次荣立功勋。2003年12月4日改编组建后编制3个运输连，1

个修理连。其主要任务是担负军委、总部机关及直属单位平时、战时交通运输保障和战备运输值班任务，以及总后驻京直属单位运输保障任务。它成立以来，先后完成了两批维和运输分队组训，国庆节天安门广场环境布展，307 医院搬迁，部分援外、抗震救灾物资运输，军委办公厅北戴河办事处营产营具运输以及驻京 160 多个单位新式服装发放和每年两次的冬夏服下送等重大运输任务，迎接了韩国军事交通运输考察团，越南国防部设计院考察团的参观考察活动。由于工作出色，它连年被评为"全军车辆交通安全管理工作先进单位""全军车辆管理先进单位"，修理分队被评为"全军先进修理分队"；营党委被总后评为"先进基层党组织""全面建设先进单位"。

尚秀花为了履行承担奥运会和残奥会运输任务的官兵们的心理健康保障，特意来到北京市房山区独立汽车营的营区。出发前，负责奥运会和残奥会心理保健工作的总后勤部卫生部科训局副局长程旭东大校会见了他们，指示尚秀花等用心理学知识为奥运会做贡献。

这个地方，她在总后勤部管理局机关工作时也曾经来过，但阔别多年，发现整个营区面貌都焕然一新，绿树掩映中，昔日布局杂乱的营区、坑洼不平的道路被一座座规范的楼房、一条条宽阔平坦的道路所代替，特别是一处处大幅图像与标语，烘托出浓厚的奥运气氛。

营长曹志斌、教导员李庆辉、副教导员孔祥波和各个连队领导的介绍，给尚秀花揭开了"绿色方舟"在"鸟巢"一次次飞进去、又飞出来的奥秘。

原来，构成这"绿色方舟"的冷季型草坪是从美国进口的，科技含量很高。站在绿油油的面积 7811 平方米的标准足球场草坪上，真看不出它竟然是由5460块1.159米×1.159米的小草坪组装而成。它们每块安装在塑胶托上，约重800公斤，总重量4600吨，每天都要在上面洒好几次水，安装时必须严格按照5460块编号放在指定位置，整个草坪实现无缝连接，并在24小时内完成，每块小草坪间的距离只有4毫米，运动员踩上去，根本不会有拼装起来的感觉。在"种植"的时候，工作人员们要把草坪用4毫米厚的木板隔开，每一块小草坪模块的底部，还装有用来调方位的限位器，以进一步减少误差……因此有相当的难度。8年前在澳大利亚悉尼召开的奥运会上，它是用传送带铺设的。4年前在希腊雅典召开的奥运会上，开幕式结束后撤离其主体育场上的移动草坪，用了整整63个小时。当听说今年的北京奥运会中国人要用车辆运送铺设，并只需用24个小时，有着世界7块移动场地安装经验的外国专家曾经耸耸肩膀，流露出一百个不相信的神色。

但如今外国专家可以钦佩地说"OK"，称赞"中国人完成了不可能完成的任务"了。中国的草坪运输保障队给了他们一个圆满的答案。

为了完成这一光荣而艰巨的任务，总后勤部直属供应保障局独立汽车营可没少下功夫。营党委自从受命之日起，便精心筹划，科学安排，结合援奥运输保障特点和车辆技术状况，以及驾驶技术力量的实际，有计划、分步骤地组织奥运安保教育，对执行援奥任务的车辆进行技术状况恢复，加强车辆维修保养，将101辆属于撤编单位淘汰的旧车更换轮胎，精心修整、喷漆、调试，极大地提高它们的技术性能，使车辆装备的技术性能处于最佳状态，车容车貌也焕然一新。其中担负援奥运输保障的50辆运输车辆完好率达到了100%。他们采取专题辅导、板报橱窗宣传、电子显示屏滚动播放、制作独立汽车营援奥运输分队警示卡和举行"奥运在我心中"演讲比赛等形式，使官兵充分认识到做好援奥运输任务的紧迫性、艰巨性，激发了全营官兵做好援奥运工作的光荣感、使命感和责任感。

这次草坪移动任务要求驾驶员不怕疲劳，连续作战，在24小时内不间断地滚动运输。营领导在前期所作准备和测试赛经验基础上，抓住奥运会开幕前有限的时间，紧贴任务特点，专项进行了复杂情况、抗疲劳、抗炎热、夜间驾驶、体能强化等训练，确保按时间节点全面就绪。他们紧密结合测试赛转场运输的经验，根据任务特点、实地情况，科学设置预案和想定，对可能遇到的情况，如车队受到围堵、草坪摔落、驾驶员被叉车碰伤、车辆失火、车队发生故障、遭遇交通事故、遇到拦截、遇有车辆穿插迂回、遇到恐怖袭击等，都进行科学的想定，制定科学的预案，切实把复杂的情况预想到，把危险的科目训练到，增强有效应对意外情况、确保万无一失的能力和信心。他们相继制定了援奥运输针对性训练方案，奥运会和残奥会期间应急处突方案，奥运会和残奥会期间应急战备保障方案，利用班务会、全体军人大会、晚点名等时机，认真组织官兵学习预案，结合担负的战备任务，坚持每天检查车辆，每周进行演练，牢固树立了官兵的战备观念，强化了官兵的应急战备意识和快速反应能力。

尚秀花等2008年8月30日对草坪分队的志愿者进行了心理健康检测和心理辅导。通过检测发现有16.77%的人员具有比较明显的心理不适感。这个比例与一般人群大体相当，表明草坪分队整体心理健康状况较好，未出现明显的应激反应。

尚秀花等了解到，在执行任务前，营领导做了大量细致的准备工作，5月13日和5月26日完成了测试赛期间的移动草坪运进运出任务。两次任务总共出动运输车辆755辆次，运送草坪7000

块，总面积 10256 平方米，总行程 30450 公里。她还指导营卫生所的军医为执行任务的官兵上了一堂抗疲劳的卫生知识课，使官兵掌握了许多抗疲劳的方法。他们为每辆车辆发放了风油精、清凉油、口香糖，大家精神疲惫时，就采用抹清凉油、互相提醒等方式，确保夜间驾驶的安全。

8 月 9 日下午，独立汽车营专门召开动员部署会，对未来几天北京的天气、道路交通、社情民情、奥运和残奥赛事安排和前期熟悉路线、环境情况进行分析和复习，重申各级各类人员职责和援奥纪律，巩固各种应急预案掌握情况。

8 月 10 日部队准时出发。这时，天空下起小雨。先是淅淅沥沥的，后来雨越下越大，到了 11 日更是变成滂沱大雨，能见度只有几米，加之驾驶室内闷热潮湿，官兵们很容易因疲劳而出现精力不集中、思想开小差甚至打盹等情况。发生危险的潜在性大大增加。这时候，官兵们在党员、干部的带领下，用清凉油、风油精醒脑，嚼口香糖、吃红辣椒、喝咖啡提神，采用不同的方式与疲劳和瞌睡抗争。他们根据预案，在各分队之间展开小比武、小竞赛——看哪个车队开得稳、运得好，看谁的作风过硬、技术过硬。广大干部和党员率先垂范，用实际行动叫响了"看我的""跟我来"，诠释了党员先进性和模范带头作用，为顺利完成任务打下了坚实基础。

营领导根据未来两天北京还有强降雨天气，且距离官兵们上一次进行雨天驾驶训练已有较长时间的情况，明确要求各级干部骨干要尽职尽责，把握节奏，牢记战友重托，吃苦在前，模范带头，要弘扬"老团队"和维和精神，真正展示总后勤部的风采，发扬连续作战和"两不怕"精神，无论在什么情况下都要确保草坪移动运输任务万无一失。在 11 日傍晚到 12 日清晨持续强降雨、高度疲劳、节奏紧张的情况下，各级指挥员想尽一切办法打起精神，忠实履行职责；许多干部从一开始就担任了替补驾驶员，与广大战士一起交替驾驶，战士开车他指挥，战士休息他开车，为圆满完成任务打下了坚实的基础。

长时间的集团驾驶，绝不像观看体育竞赛那样风光。没有音乐，没有欢呼，大多数时间里有的只是寂寞。这无论对组织者还是对司机，都是极其严峻的考验。营长曹志斌总是车队一上路，就整夜不会合眼。他始终目光炯炯，不停地在长达十几公里的运输线上巡查，时而用对讲机不间断地提醒各个小组注意行车安全。在奥运会结束、残奥会备战期间，他们通过再学习、再动员，使全营官兵认识到在竞技状态和人文情怀上，残奥会有着一种特殊的精彩和崇高。对弱者、对残疾人尊重和关切的残奥会，突显着一种可贵的人文精神。许多残疾人在人生路上不气馁，不沮丧，不依赖，成为克服千难万苦的强者。残奥会和奥运会一样，本身就体现了一种人类文明。看一看、甚至想一想残疾人运动员的坚强和乐观，都会使自己受到极大的感染和鼓舞。

强将手下无弱兵。在营领导的带领下，经过尚秀花等的心理疏导，许多干部战士都能时时将奥运和残奥事业放在首位，表现出崇高的精神境界。

一连连长王占华的女儿刚刚出生两三个月，正是需要人照顾的时候，那段时间又连续高烧39度，使妻子忙得一塌糊涂，也急得泪水直流。王连长却由于执行任务长期不能回家照顾。直到任务圆满完成了，他才长舒一口气，带着孩子到医院做了治疗。

排长杨晓峰和班长、二级士官刘云关，原本都是计划五一国际劳动节办理婚事的。但4月底当援奥任务一交下来，就把这事立即拖住了。连里副连长缺位，杨晓峰就积极协助连长、指导员工作。他和刘云关看到今年地方上大量年轻人赶在"8月8日"办喜事，心里自然暗暗羡慕、祝贺他们。但想到自己肩负的神圣职责，心头又会增添一种特别的荣耀。

由于运输任务特殊，许多驾驶员常常一开车上路，就四五个小时不下驾驶室。

正在山东老家休假的班长、二级士官彭程，是接到部队的电话通知，二话未说便在次日返回连队的。他长期患有前列腺炎，平素出车时一停车就要赶紧找厕所"方便"。但这次在大都市内开车，走的都是交通干线，显然没有这个条件。于是他只好憋着。实在忍不住了，又想出一个令人不免有些尴尬的办法——用空的矿泉水瓶救急。

班长、三级士官李福森患腰椎间盘突出。他在驾驶室内工作时间长了，常常半天直不起腰来。李福森的家在内蒙古农村，现年28岁的他早已属于典型的大龄青年了，但由于各种原因，对象还没有找到。这期间，有不少人热心地给他介绍，有的女方就在北京打工，好多次提出要见"兵哥哥"，但由于李福森没有时间，总是无法见面。执行援奥任务前，李福森家中又来电话，告之爷爷病危，要孙子回家见最后一面。他自然因任务在身未能回去，只能望着家乡的方向为爷爷祈祷。

一天，班长、三级士官周坤正在车场参加训练，通信员气喘吁吁地迎面跑来："你的加急电报！"

身穿迷彩服的周坤抹抹额角的汗珠，接过电报。电报纸上"儿患了手足口病，速归"几个冷冰冰的铅字像专门传递噩耗的炸弹，将年轻的班长一下子炸了个晕头转向。

儿子只有几个月大。此刻，他那可爱的面容禁不住又清晰地浮现在周坤的脑海：那颇像自己的眼睛，淡淡的眉毛，微翘的嘴角……周坤简直无法接受儿子突然染上十分难治的手足口病的残酷现实，真想能立即身插双翅飞回家中，好好照料照料儿子。

然而，正当他想要打报告向领导请假的时候，忽然想到眼下自己参加演习的援奥任务。周坤晓得目前连队驾驶员极缺，属于"一个萝卜一个坑"。于是，尽管妻子从河南商丘老家一天打来一个电话，催他请假回家，但国事、家事哪头重，他是明白的。于是，只把此事埋在自己心里，没有影响一天工作。

羌族驾驶员张勇的家乡就在"5·12"地震的重灾区北川县。但他自5月13日出发执行任务，就与所有的家人失去联系，一直坚持在运输一线。在连续24小时的运输过程中，所有的干部骨干都及时地靠近他了解情况、安慰鼓舞，使张勇感受到战友情谊的深厚和家庭般的温暖。

张勇和战友们5月14日晚上21时返回营区，22时半又接到新的任务——抢运救灾物资。于是，他们在15日0时重新驾驶15辆汽车到综合仓库将救灾物资运到首都机场。细算起来，从13日早晨到15日中午，他们只休息了不过2个小时。

直到8天之后，张勇才接到表弟打来的电话，得知家中房屋完全倒塌，在北川中学读书的弟弟两腿骨折，被砸成重伤，是从废墟里爬出来被送到北京治病的……

是按原计划继续参加援奥行动，还是请假回家处理家中的那么多难事？张勇真恨不得能将自己劈成两半儿。他想，一般来说，家中遭遇这么大的灾难，提出请假回家未尝不可。自己不回去，不光亲属埋怨，自己内心也会久久负疚。然而，冷静下来后，张勇又想，地震既然已经发生，即便自己迟归几天，党和政府也是能够帮助自己家将灾难抚平的。可是援奥却是当前最为重要的工作呀！倘若家中的亲人晓得，也一定会支持自己先忙工作的。于是，张勇毅然决定，将家中的难事藏在心里，一切按领导安排去执行援奥任务。出发前，他给家里打个电话，请求亲人们能够谅解。

在奥运会结束、残奥会备战期间的9月2日，张勇从《解放军报》上看到国家领导人参加北川中学秋季开学典礼的报道。而北川中学恰恰是张勇和弟弟的母校。激动之余，他仿佛又回到母校的操场，同温总理及全场师生一起参加升国旗的仪式，也仿佛亲耳听到国家领导人的讲话："这场地震给北川人民，给全校师生带来了很大的磨难，也使我们经受了很大的锻炼。我们懂得一个道理，就是在灾难面前，只要勇敢面对，就一定能够克服困难、战胜灾害，获得新的生活……最重要的是要永远面向光明的未来。正如太阳总会出来一样，未来永远是光明的！"

张勇在心中默默地说：我一定像母校大门门楣上的那几个醒目大字写的那样"天行健，君子以自强不息"……

就这样，张勇和战友们一样继续风尘仆仆地奔波在援奥一线，出色地完成了上级交给的支援残奥会的各项任务。

执行运输任务官兵以张勇和同样是重灾区北川籍的驾驶员潘云峰等为榜样，把圆满完成运输任务作为支援灾区的实际行动，确保草坪转场任务的全面完成。

三级士官王海兵、李伟、计正龙都已有12年兵龄，面临转业。但他们丝毫没有影响工作。

这王海兵个子不高，皮肤黝黑黝黑的，绰号"王黑子"。他多次被评为"红旗车驾驶员"，也曾被评为全军优秀士官。在今年夏天的一次演练中，一辆旧车的底盘上掉了一颗螺丝，而行进途中，一时找不到修车的垫子，王海兵二话未说，"噌"地一下就钻进温度高达四五十度的车底下，很快将车修好。还有一次，连队到宣化拉生活用煤。一辆老车的变速器出了毛病，不能换挡。他便接手这辆车，只用一个挡位，一气开了260公里，直接开回营区。由于技术过硬，王海兵在执行任务过程中，总是和副连长一起担任驾驶尾车、负责收拢的角色。

曾经远赴西非利比里亚执行过"维和"任务的计正龙，是车勤技术比武的标兵，荣立过三等功。他酷爱学习，坚持自学完汽车管理学院的大专课程。计正龙去年结婚后，当教师的妻子一直想要个孩子。但苦于夫妻二人两地分居，长期聚少离多。今年夏天，妻子用难得的暑假来到北京。按说当丈夫的多回士官公寓陪陪妻子，满足她的愿望，完全在情理之中。但小计考虑到刚刚接手的援奥任务，咬咬牙劝妻子说："你还是回去吧，要孩子的事以后再说。"妻子理解丈夫，含着眼泪走了。计正龙则把对亲人的歉疚化为努力奉献的动力。空闲时，他常主动给妻子去电话，既向她慰问，又请求她谅解。

修理连的五级士官沈峰今年已经36岁了，资历比每位连队领导都老得多。但他始终把自己看成是普通战斗员，整个支援奥运过程中一直工作在第一线，接受任务从来不讲价钱，事事处处起模范作用，带出了一批批技术骨干。

如今，奥运会和残奥会已经胜利落下帷幕。独立汽车营也和其他许多单位一样，经营着自己的"奥运后"。他们正在乘着奥运的东风，创造着部队建设的新篇章。

让基层官兵们惊讶的是，已经年过半百的尚秀花，在执行指战员的心理健康保障任务时，竟如青春少女般精力充沛。运输保障大队的大队长姬成录少将在总结心理保障工作时称赞："总后机关第一门诊部的心理健康保障课是最适合部队的，堪称雪中送炭。"

第20章

尚秀花认为自己具体的心理学研究是为了解决问题，倘若没有问题要解决，就不可能产生真正有意义的论文。

这段时间，每当有朋友问起她写了什么论文，尚秀花都只会谦虚地笑笑。但人们知道，她其实每天都在用心琢磨问题，就是在这段时间，她作为第一作者，已经陆续写出并发表了《2008 北京奥运会交通运输部队志愿者心理健康状况调查及干预对策》《非战争军事行动人员心理健康服务保障》《援奥驾驶员人格特征与心理健康状况的相关研究》《援奥翻译志愿者心理健康状况分析》《军队支援 2008 奥运会草坪运输分队人员心理健康调查》《全军支奥跳舞表演女分队人员心理健康调查及干预对策》《军队支援北京奥运会交通运输分队志愿者心理干预前后的心理状况对比研究》等有分量的论文，在军内外都产生了较大影响。

2009 年，尚秀花和张怀明、郭渝成、冯正直主编的《军人心理健康手册》一书由出版社正式出版，发行量达到万册。

2008 年 11 月，全军军事心理学学术研讨会在重庆第三军医大学科技馆召开，内容主要是针对抗震救灾及支援北京奥运中部队出现的心理问题。

尚秀花报告的是支奥部队心理问题及保障情况。谈这个选题她压力是有，但压力其实也是动力，会提醒她一定要付出加倍的努力。尚秀花发言过后，反映很好。但她并没有像其他一些同志那样积极报奖。

总后卫生部的有关领导，如综合计划局的李瑞兴局长、科训局的程旭东副局长都感觉尚秀花讲的内容很实用，并要求支奥部队的心理健康教育维护都要参照这样的好办法来做。

担任全军军事心理学研究中心主任委员的第四军医大学心理教研室主任苗丹民同志批评尚秀花："我感觉你还是毅力不够，对工作及同志不负责任。你应当树立起信心，带一带年轻同志，也给他们起个好头。"

在苗丹民的激励下，尚秀花重新整理资料，一鼓作气地总结经验，经过申报，最后被评定为军队科技进步二等奖。

2009 年，尚秀花由于在奥运会、残奥会期间的突出成绩，又一次荣立了三等功。

李瑞兴后来担任了后勤学院的院长（副军级）；程旭东担任了陆军后勤直供局的局长（正师级）。

尚秀花没有满足于立功，而是马不停蹄地又开始了新的心理学课题的研究。

在繁忙的行政工作之余，最让尚秀花惬意的是打开书房的窗户，摊开纸笔，一边听着读书，一边做笔记。

她对自己的家人说："是我哥哥身上的坚毅顽强影响了我的一生。"

的确，跟烈士哥哥一样，尚秀花也有着岩石一般坚强的性格，在学习和工作上笃行认真，不为苦难所折，甚至能在挫折前快速平复。

她铁了心地与心理学捆绑在一起。作为总后勤部机关心理咨询室主任，她每进行一次咨询，每讲一次课，每次完成了一份不错的计划、或项目成功的时候，都会获得巨大的成就感。

尚秀花深感几十年来自己学习、工作的过程，得益于自己有一个好家庭，有家人的关心帮助。自己的家庭成员都是随着社会的变化而变化，随着社会的发展而发展。总是毫不停顿地学习、做事、做人。

总后勤部机关心理咨询室设立后，经常有人一走进心理咨询室就说："尚主任，我得了抑郁症。"或者说："尚主任，我有恐惧症。"

尚秀花在仔细询问之下，发现原来是这些人在查询书籍、网络上的相关信息后，自己对号入座，因而得出了这样的结论。

这不禁使她想起关于美国总统安德鲁·杰克逊的一则逸事。

杰克逊在妻子死后，非常担忧自己的健康状况。由于家族中已经有好几个人死于瘫痪性中风，他认定自己也会这样，因而一直生活在这种阴影之下。

有一天，杰克逊在朋友家做客，并与一位年轻的女士相谈甚欢。突然，他双手垂了下来，脸色发白，呼吸沉重，整个人看上去非常虚弱。杰克逊的朋友慌忙走到他的身边。

"最后还是来了。"杰克逊乏力地说，"我中风了，整个右侧身体都瘫痪了。"

"您是怎么知道的呢？"朋友奇怪地问道。

杰克逊答："因为刚才我在自己的右腿上捏了几次，但一点感觉也没有。"

这时，年轻的女士说："可是，先生，您刚才捏到的是我的腿啊！"

尚秀花认为这应该是一则笑话，但寓意深刻，表明社会上每一个人都容易有对号入座的倾向，无非表现的形式与程度不同而已。在心理学中，这被称为"自我参照效应"，是指人们当接触到各种各样的信息时，对与自己有关的信息格外重视，以致这些信息会使其的判断发生明显的倾向性。

自我参照效应最早由心理学家罗格斯等人在 1977 年对记忆展开实验研究时发现，是指当记忆材料与自我相联系时，记忆尤其深刻这一现象。一位心理学家曾做过一个有趣的实验。他抽选出一位漂亮的女大学生，并给她呈现以下词汇：漂亮、山脉、雄壮、沙滩、聪明、地瓜、令人羡慕、死海、软盘、温柔、镜子、山羊、长发飘飘……并让她花 4 分钟去记忆这些词汇。一天后，他再让这位女大学生回忆这些词汇，结果发现，女大学生很容易地回忆起漂亮、聪明、令人羡慕、温柔、长发飘飘等词汇。

自我参照效应可以解释日常生活中的很多现象。例如，妇女怀孕之后开始注意其他怀孕的妇女，买好一件衣服的女孩很容易发现别人与自己"撞衫"，等等。自我参照效应反映一种自我中心主义，表明外界事物常常只是我们内心的镜像，难怪柏拉图会说："决定一个人心情的，不在于环境，而在于心境。"

尚秀花依据"自我参照效应"的心理学理论，给不少来访者做了很好的心理咨询。

还有一些求助者问的问题，说明他们不明白在有一部分"我"，是自己无法探知的

比如"盲目我"。有人觉得自己特别勇敢，但在别人眼中可能就是莽撞冒失；有人觉得自己仗义执言，在别人眼中可能就是情商不够，缺乏察言观色、随机应变的能力；有人觉得自己思虑周全，在别人眼中可能就是优柔寡断；有人觉得自己情商很高，在别人眼中可能是为人圆滑。这些人在某种情况下，一般会比较自信，觉得自己有很多优点，但是在别人眼中，他们并没有那么好。

当然相反的情况也有。比如，有人觉得自己做事很犹豫，总是瞻前顾后，但在别人眼里，他却是一个懂得照顾别人感受的人；有人觉得自己的专业基础薄，总是提前准备很多资料，以备不时之需，但在别人眼里，他却是一个认真负责、敬业尽职的好下属；有人觉得自己不善言辞，容易害羞，但是在别人眼中，他可能是一个特别值得信赖的倾听者。如果出现的是这种反差，意味着这些人可能对自己有着较低的自我评价，不够自信；但在别人眼中，这些人已经非常出色，值得信任、培养和提拔。所以，这样的人常会有"意外之喜"。

再比如"隐藏我"，指的是"我自己知道，而别人不知道"的自我概念。这一部分，有可能是人们还没有机会去展示给别人看的优点，理由可能是为人低调，不想太张扬，也有可能是他们刻意隐藏起来的缺憾，比如一些童年往事、痛苦的经历和身体上的隐疾等。

针对这些来访者，尚秀花会告诉他们：人人都有"秘密"。一些隐私，不愿意让别人知道，是正常的心理需要。心理学认为，适度的内敛和自我隐藏，有助于心理平衡和健康。然而，如果隐私太多，隐藏太深，别人就可能认为你很难接近，难以看懂，难走进你的内心，难做朋友，而你自己也会觉得孤独。

又如"未知我"，指的是"我自己不知道，而别人也不知道"的自我概念。这个部分通常指的是人们尚待开发的能力和个性，很有可能是其潜藏的"宝藏"。

因此，充分挖掘自身的潜力，也许会让你的人生从此不同。比如，领导交给你一项任务，你从来没有涉足过这个领域，领导也不相信你有这个能力完成，仅仅让你尝试收集一些资料。结果，你在收集资料的过程中，灵机一动，有了一个很好的想法，又加班加点地辛苦工作，最终写出一份极佳的材料。显然，这样的结果，是你和你的领导都没有预想到的。这种能力本来潜藏在"未知我"的这个部分，随着这项工作的完成，逐渐显现出来，成为"开放我"的一部分。

尚秀花依据"自我参照效应"的心理学理论，使不少来访者得知"认识自我"是一件不容易的事，无论我们如何努力，总还是会有一部分"我"是自己无法探知的。因此，学习心理学知识必不可少。

2010年，尚秀花担任了全军心理卫生专家咨询和指导委员会委员，并被任命为解放军第9届医学科学技术委员会临床心理学专业委员会副主任委员。

2011年6月，尚秀花和张怀明主编的《援救心灵——从汶川地震看心理创伤治疗》一书由人民卫生出版社正式出版。

2011年1月17日，中国心理学会军事心理学暨全军心理服务理论与实践研讨会在南京政治学院上海分院举办了一期心理学培训班。此次论坛，堪称聚滴水之力，汇智慧之海。

尚秀花第一天到宾馆报到。

第二天早晨她还在睡梦中，忽然一阵嘹亮的军号声破窗而入，使她蒙眬中以为又回到刚刚入伍时的部队。尚秀花立即起身探出窗口，寻找这声音的来处，这才想起隔壁就是军校。虽然春寒料峭，但她还是把窗户全部打开，让军号一遍遍送到自己的房间……

2012年4月12日，尚秀花应邀在论坛演讲，系统地论述了心理学理论。

演讲之后，下半场是回答听众提问。

为了方便回答问题，她一直朝向听众。有时与在场的熟人打了照面，才彼此友好地点点头。

问答持续了一个半小时后，主办者宣布最后三次提问，由演讲者提问。

尚秀花讲："我们这一代是心理学缺失的一代。学习心理学重要吗？当然重要；从小学习心理学重要吗？当然更重要；为什么重要呢？因为心理学对人们来说，就像春风化雨……"

她是一有机会，就不厌其烦地做心理学的"科普"工作，像是一个始终在路上行走的青年，风尘仆仆精神抖擞。

尚秀花绝非故弄玄虚，而是像回答吃饭对于一个人的成长是如何重要、吃得好就当然长得好了，而这个"好"字又包含了很丰富的含义。

她厚积薄发地娓娓道来，赢得了一致的好评。

尚秀化再次见到一些专家、老师。他们了解了她近期学习、研究心理学的情况，鼓励她："你把自己的研究成果总结出来，还可以再报奖。"

时也匆匆，日也匆匆。尚秀花干得很投入。不少部队基层的先进或落后的典型人物，在她脑海里都有一份"小档案"。尚秀花经常与他们联系，使他们先进的更先进，后进的变先进。

当她看到身边那些有成就的人都在奔波着、劳碌着，突然明白：强者都是行动派。于是，尚秀花每天都绷紧了一根弦，强迫自己不断追赶和奔跑，试图证明自己有着超越学历的能力。在实践中，她变得愈来愈笃定和坚强，逐渐忘记了曾经的困难和焦虑，忘记了自己曾那么在意别人的目光，忘记了年少时的卑怯和全神贯注投入时的紧张感。经过磨砺，她整个人开始对自己渐渐有了底气。

日本作家芥川龙之介说过："删除我一生中的任何一个瞬间，

我都不能成为今天的自己。"其实，人生就是在不断累积和修炼中，变得简朴、自然、从容不迫。曾经以为永远也走不出的困境，最终还是会置身事外。

尚秀花的奶奶在她提干之前就不幸去世，爷爷曾经说过要来北京看一看孙女，但后来没过多久也不幸去世了。这两位老人都没有能来北京和孙女一家聚一聚，这成为尚秀花心中永远的痛。

时光倏忽，转眼间她的父亲、母亲、弟弟、弟媳等最亲近的人也都走了。尽管这些亲人中有的已经故去多年，有的曾经沉疴多年，但每每听到他们离世的消息，都仍然让尚秀花的心灵受到巨大震荡，不由得一次次潸然泪下。伴随着痛心更强烈的是感慨：她和全家老小每次都是怀着无限的悲痛送走了那些养育、陪伴、帮助过自己的人。

尚秀花最近一次回老家，得知儿时熟悉的其他老人，也大都已经去世。这些人一辈子都没有与土地分开，面朝黄土背朝天，过着淳朴而真实的生活。前人种树后人乘凉，到了自己这一代，生活变得富裕，并不满足于现状，总想着在外面闯荡一番。直到有一天，才突然发现，故乡变他乡，每次回家父母等长辈都像对待客人一般，好吃好喝款待自己。或许他们已不知道该如何表达心中的那份情感。还有近年来不少村民为追逐现代生活而迁徙到城市，使常住人口逐年减少。他们原先住过的土坯房，以及几家在数年前因外迁而留下的院落，已彻底废弃甚至坍塌，成为岁月显著的地标。尚秀花心里，难免多了几许沧桑和忧伤，有一种浓重的失落感。

她在与家人闲聊时曾经出自肺腑地讲："如果死去的人能够活转来该多么好啊。对于我们家族来说，我的爷爷、奶奶、父亲、母亲、弟弟、弟媳等都代表着一种活力，一种对生活的热情，一种对家庭的凝聚和保护力。"

当然，尚秀花胸中更多的还是哥哥尚春法留下的英雄情结。

她激动过，寂寞过，悲伤过，奋斗过，才会有后来的从容、简朴和安然。

2011 年，尚秀花为第一作者的研究课题《非战争军事行动部队官兵心理健康保障体系研究》获得军队科技进步二等奖。

2012 年尚秀花又一次荣立三等功。

2014 年 12 月，尚秀花和张怀明主编的《机关人员心理健康调适》一书由人民卫生出版社正式出版。

尚秀花就是这样的一个人——一学习、工作起来，外界的声音似乎就都消失了，仿佛有一道天然屏障，将那些喧嚣的杂音都屏蔽掉了。在人群中，猛一看她既不起眼也不张扬，却能干出令人刮目的成绩来。她外表柔弱看似逆来顺受，可骨子里永不放弃的劲头教男儿都汗颜。

2015 年，网上风传一个帖子《不读书的中国人》，据说作者是在上海工作的印度工程师。他直言不讳地批评中国人不爱读书，只会手机上网和打麻将。他还借日本人的话，说中国是"一个低智商的国家"。

作者援引的数据是，中国人年均读书 0.7 本，而韩国的人均数字是 7 本，日本是 40 本，俄罗斯是 55 本。

尚秀花从小就知道，阅读与印刷文化关系密切，而中国人对人类印刷文化有过巨大的贡献，那就是纸张和活字印刷的发明。当她读到这个帖子时，心情自然很沉重。

就在这个帖子风靡的两年前，2013 年，广西师范大学出版社做了一个网络问卷，调查"死活读不下去书的排行榜"。根据读者 3000 多条微信回复统计，排行榜的前 10 名依次是：

1.《红楼梦》；2.《百年孤独》；3.《三国演义》；4.《追忆似水年华》；5.《瓦尔登湖》；6.《水浒传》；7.《不能承受的生命之轻》；8.《西游记》；9.《钢铁是怎样炼成的》；10.《尤利西斯》。

尚秀花奇怪，这些曾引以为骄傲的中外文学经典，如今竟沦为"死活读不下去的书"。曹雪芹如果活着，他也许会当着我们的面烧了《红楼梦》手稿，从故事开始的女娲炼石补天的大荒山无稽崖跳下去；施耐庵也许会率梁山108条好汉，冲进大学校园，追问同学们：为何我的《水浒传》会成为"死活读不下去的书"？

一个外国人说中国人不读书，3000国内网民直言死活不爱读经典，究竟发生了什么样的变化使我们的阅读生态变得如此糟糕？

尚秀花认为，这里也有一个心理学的问题。

从传播媒介角度看，人类大致经历5种不同的文化形态：口传文化，手抄本文化，印刷文化，电子文化，数字文化。每种文化都有其独特的媒介和阅读形态，而现代文明缘起于印刷文化。

当今的问题不是没书读，而是书太多不知读什么好。

100多年前，马克思在《共产党宣言》中写道："一切固定的僵化的关系以及与之相适应的素被尊崇的观念和见解都被消除了，一切新形成的关系等不到固定下来就陈旧了。一切等级的和固定的东西都烟消云散了，一切神圣的东西都被亵渎了。"

当下中国的现实即如是。眼下流行的很多新词都和速度有关，如"高铁""快递""秒杀""闪婚""快餐"等。在这样的文化中，阅读的取向也随之大变，大致可以概括为"快""泛""短""浅""碎"5个字。

当今一代青年出生伊始便在高度数字化的环境中，数字化的电子阅读对他们阅读习性的养成具有深刻影响。据《第十二次全国国民阅读调查报告》披露，2014年我国成年人数字化阅读方式的接触率为 58.1%，较前一年上升了 8 个百分点，而同期人均纸质图书阅读量只有 4.56 本。

尚秀花认为，数字时代，依旧离不开孤独理性的深度阅读。这种阅读有自己的特征：

1.孤独。阅读是默不作声的、私人性的体验，是一个人与文本交流的孤独情境。

2.理性。印刷文本是由线性排列的文字有规律地构成的。语言的明晰性和表达的逻辑性，规范的语法要求，文字有规则的线性排列，必然要求读者按一定程式来阅读。此外，任何文字作为符号，总是抽象的，所以，文字的解读是通过抽象的能指来理解其后的所指，把握文字的复杂意义。

3.单调。印刷文本的基本构成元素是文字，任何视觉图像都只是配角而已。印刷的纸质文本的文字单一性，一方面要求阅读必须专注和凝视，另一方面又不可避免地造成文字阅读的单调。

4.静观。它是阅读理性特征的进一步规定，是指专注凝神的状态，即庄子所说的"用志不分，乃凝于神"。从认知心理学角度说，也就是一种典型的沉浸式阅读。有些阅读专家把这样的阅读描述为"深读"：它是"一连串复杂的过程，它深化了理解，还包括推证、演绎推理、类比技巧、批判性分析、反思和洞见等活动"。

尚秀花并不是反对数字化的浏览式阅读，电子阅读有其明显优点，但它的缺陷常常被其优点所遮蔽。所以正确的做法是有选择地运用电子阅读。她更愿维系长辈们几百年来所养成的沉浸式的阅读习性，虔诚地享受书中深刻思想的熏陶，养成无功利目标读书的爱好，尽可能在自己已经走进的心理学研究领域做一些有益的贡献。

2013 年 5 月尚秀花退休时，是主任医师、教授职称，军队专业技术4级、文职级2级，享受正军级的工资待遇。

一般来说，一个人在退休前，活动范围较大，路子较宽，较有"奔头"。而退休后，往往赋闲在家，有劲没处使，容易把时间都消磨到生活琐事上，难免会夙夜忧叹，甚至于抑郁成疾。

其实，不同的年龄段都会有不同的困惑。在工作岗位上，由于忙碌，难得有更多精力和时间潜心思考，内心世界反而比较窄小；人老了，才更有时间和精力回望来路，反刍过往，总结成败，深化学业。

有些老人比较看重含饴弄孙、旅游跳舞等老有所乐，但如果忽略了老有所为，乐也就常常是暂时表象。如儿孙离去，旅程结束，舞曲终止，或许会让老人陷入更深的孤寂与空虚。尚秀花认为，其实"为"才能带来更为本质的可长期伴随的"乐"。

在退休很长一段时间内，她依然像在职时一样痴迷于心理学的学习与研究。只是她工作的对象不仅局限于部队指战员，而且扩大到许多"社会人"。她认为工作可以退休，自修却可做到老。喜欢的事，加以研究，真够自己忙的。忙就忙吧，"苦"就"苦"吧！

尚秀花每天出门，依然爱背着一只双肩背包，大步流星地赶路，迈步时有力地划着两臂，从背后看去，真就是一个朴素的中学生。

尚秀花发现一些邻居、街坊和年轻朋友对教育后代存在误区，便耐心地向他们介绍心理学知识：

"一定要重视孩子的心理健康，不以'成败'论英雄。在临床咨询中，我不止一次地发现，被父母'提前教育''加速成长'的孩子，心理健康会大受影响。比如一些父母把幼龄孩子置于'不成功就失败''超过别人才有价值'的巨大压力下，于是一些孩子出现了遇事退缩、性格懦弱，或者脾气暴躁、攻击性强等不良个性特点。直到孩子出现了问题，就会像手掌心突然被划了一道血口子，生疼！

"品质，是孩子表现出来的综合气质和性格特征，比如好奇心、学习欲、善良友好、毅力、勇于接受挑战、合作、创新能力、幽默感等。品质无法通过直接训练或书本学习得来，围绕在孩子周围的人展现出了什么品质，孩子就会在耳濡目染下自然习得。周围人面对困难时，是退缩、抱怨，还是迎难而上，处理冲突时，是大吼大叫，还是冷静协商，与人相处时，是自私索取，还是为别人考虑，孩子都会潜移默化地吸收。所以，如果父母们希望孩子形成你理想中的性格和品质，那就需要从自身重新成长和修炼开始。当孩子展现出某一品质时，我们用目光赞许，用语言和心去认可和欣赏，这样，优秀的品质就会得到不断强化。

"在情感方面，很多情感是天生的，但也有很多是后天形成的，比如安全感、归属感、自信心、自我效能感、焦虑不安等；对学校、老师和对学习本身的情感，以及与其他小朋友的情感和友谊也是后天形成的。让孩子学习知识和技能本身是值得提倡的，但重点是采取的教学方式是否符合孩子的学习特点。

"相对知识和技能，品质和情感对孩子将来的发展影响更为长远。希望父母们都能抓住'最佳教育期'，为孩子打造一个健康有趣、卓有成效的金色童年。"

这些邻居、街坊和年轻朋友都感到听了尚秀花的介绍获益匪浅。

几十年来，尚秀花单纯、执着地投入每一个角色，也赢得每一次掌声。

她与丈夫的相爱、相伴和相守，更令人称赞。

了解部队情况的人们听说了都会述说："成长在很多时候，就是一场与时间的对峙与抗衡。一个从农村入伍的女战士，能一步步继承烈士哥哥的遗志，取得堪称模范的成绩，不容易啊！"

让尚秀花欣慰的是，就在她退休后不久，原206团的战友们就有一次聚会。

2017年3月，尚秀花（后排右三）同参加全国人大会议的凌解放（前排左二）及原总后勤部206团的老同志老战友和家人姚有志（前排左一）、郭旭恒（前排左三）、郑衍智（前排右一）、徐慎余（前排右二）、刘力（后排右二）等在一起

首先是原军委战略研究部部长、正军职少将姚有志将军发言。

他饱含深情、富有哲理地说："在206团战斗生活数年的经历，那艰苦奋斗、无私奉献、勇攀高峰的精神是我自己、也是每个206团战士人生的坚实基础。正是从这里出发，我才能一步一步走到今天。而206团能够辉煌，其因何在？206团的精神，源于何处？我认为，源头就在于毛主席的英明领导，就在于毛泽东思想的光辉指引！是毛主席提出了全心全意为人民服务的宗旨；制定了三大纪律八项注意；号召学习雷锋、王杰、焦裕禄；发扬一不怕苦、二不怕死的精神；要求领导干部廉洁自律、以身作则。毛主席的建党、建军、建国的一整套理论是使我党我军我国立于不败之地的根本保证。"

正缘于此，多年来，姚有志将军致力于研究、宣传毛主席的军事理论、建党理论、哲学理论、毛泽东诗词等等，发表过诸多文章，举办过诸多讲座，成为军内研究宣传毛泽东思想的第一人。

战友们怀着敬佩的心情思索。这些年来，在金钱拜物教的冲击下，郭伯雄、徐才厚、房峰辉、张阳等贪腐堕落，对军队建设造成难以估量的影响和破坏。是到了毛泽东思想重回军队建设，指导各项工作的时候了。大家对姚有志将军学习、研究、宣传毛主席和毛泽东思想的坚如磐石、矢志不渝的精神，报以热烈的掌声。

接着，206团战友总召集人何存田、总编辑王德民、秘书长周兆康分别汇报了工作。这期间笑语连连，情意绵绵。

随后，以就座顺序，李广新、刘正明、李再新、李汉文、陈保健、张培林、张建没、杨向东等同志逐一发言。有的声调缓慢，有的语速急促，有的诙谐幽默，诗人、小说家李再新间或说一两句俏皮笑话，逗得大家哈哈大笑，同志们围绕着编印纪念集、战友情各抒己见，畅所欲言。气氛热烈而欢快。

当郑股长介绍老团长刘铁流的女儿刘力、老政委陈加道的儿子陈德斌时，大家心潮翻卷，不禁回忆起老一辈当年抗击日寇和在解放战争中，为了中华民族效命疆场，赴汤蹈火，铁骨铮铮，视死如归，浑身伤痕累累，一生无怨无愧。老一辈是耸立在206团指战员乃至后辈心中永远铭记、永难忘怀的英雄。大家都向他们致以崇高的敬意。

大家看到老首长的后辈们子（女）承父业、青出于蓝而胜于蓝并为父辈曾效命的部队倾心竭力时十分高兴，看到刘团长的孙女英姿飒爽、青春靓丽更是分外欣慰。同时，祝愿年已90高龄的老首长夫人健康快乐，福寿绵长。

随着时间的推移，聚会又一次进入了高潮。郑股长介绍尚秀花就是当年206团二等功荣立者尚春法的妹妹，大家不禁肃然起敬。

最后，原总后政治部主任郭旭恒将军做了压轴讲话。他豪爽大气、幽默风趣、平易近人，无比深情地说：没有206团，就没有我的今天；虽然我在206团只经过了两个月左右的新兵训练，下连队到警通排3天就调走了，但206团的新训给我打下了基础，那3个月是我出发的起点。此后，我调到总后，当过炊事员、饲养员、缝纫机修理员。不论干什么，有206团新兵连和警通排3天打下的基础，什么样的苦我都能吃，什么样的困难我都能克服，后来我上了军校，一步一步到今天。我是从206团走出来的，所以我感恩206团，没有206团，就没有我的今天。我老伴尚秀花是206团烈士尚春法的妹妹。没有206团，就没有她的今天。而我们俩的婚姻又是206团的战友牵线介绍的，没有206团的战友，也就没有我们家的今天。我们以尚春法大哥为榜样，才能不断前进。我们与206团有缘、有情、有爱。郭旭恒发自肺腑的发言，感动了在座的每一个人。掌声又一次长时间地响起。

在最后一晚由何存田副参谋长做东的送行聚餐会上，两位将军和夫人再次看望大家，郭将军特意带来珍藏多年的两瓶好酒，一来慰问，二来壮行。姚将军和夫人也带来亲自手书的墨宝——毛主席诗词《长征》。他的书法刚劲挺拔，秀美飘逸。那一行行俊朗的书法，一杯杯醇香的美酒，一句句暖心的话语，传着深情，润着关爱，让编委们一次次感受着革命传统教育、理想信念教育和英雄主义教育。激励着大家发扬206团精神，去工作，去创作，去奋斗。

尚秀花在即席发言中感谢大家辛劳地编辑纪念集，感谢部队对自己的培养。她优雅而有风度地娓娓道来，使大家极受感染和鼓舞。

尚秀花晚年常把发生在自己身上的故事和自己改变命运的故事告诉孩子们，希望他们能够明白，只要在心里埋下一颗理想的种子，总有一天，它会生根发芽，长成一棵参天大树。

　　聚会前后，他们一些战友带着孙辈，登上这片土地的一处制高点。眼前是无比璀璨的星光，霓虹灯在高耸的现代化大厦上闪烁，高架路行驶的车流在夜光中划出条条金黄色的弧线，都市在一片五彩缤纷中。

　　孙辈们问："能告诉我们，你们这代人一生中追求的是什么吗？"

　　尚秀花回答："我希望的是人民幸福，祖国强盛，和平永久！"

图书在版编目（CIP）数据

英雄情结 / 咏慷著 .—北京：作家出版社，2020.7
ISBN 978-7-5212-0991-4

Ⅰ. ①英… Ⅱ. ①咏… Ⅲ. ①纪实文学－中国－当代
Ⅳ. ① I25

中国版本图书馆 CIP 数据核字（2020）第 088303 号

英雄情结

作　　者：咏　慷
责任编辑：史佳丽
装帧设计：孙惟静
责任印制：李卫东
出版发行：作家出版社有限公司
社　　址：北京农展馆南里 10 号　　　邮　　编：100125
电话传真：86-10-65067186（发行中心及邮购部）
　　　　　86-10-65004079（总编室）
E-mail:zuojia @ zuojia.net.cn
http://www.zuojiachubanshe.com
印　　刷：三河市北燕印装有限公司
成品尺寸：152×230
字　　数：145 千
印　　张：13
版　　次：2020 年 7 月第 1 版
印　　次：2020 年 7 月第 1 次印刷
ISBN 978-7-5212-0991-4
定　　价：35.00 元